SOUS LA MENACE

DU MÊME AUTEUR

MA CHÈRE LISE, *roman*, 2011
UN ÉTÉ, *roman*, 2015 (« double », n° 108)
FAIRE MOUCHE, *roman*, 2018 (« double », n° 124)

VINCENT ALMENDROS

SOUS LA MENACE

LES ÉDITIONS DE MINUIT

L'ÉDITION ORIGINALE DE CET OUVRAGE A ÉTÉ TIRÉE À VINGT EXEMPLAIRES SUR VERGÉ DES PAPETERIES SCHLEIPEN NUMÉROTÉS DE 1 À 20 PLUS SEPT EXEMPLAIRES HORS COMMERCE NUMÉROTÉS DE H.-C. I À H.-C. VII

7, rue Bernard-Palissy, Paris VIe

Non, non, sois tranquille, rien ne te menace.

Zola, *La Bête humaine*

I

J'avais accepté d'attendre dans la voiture pour ne pas faire d'histoire. La tête renversée et la bouche entrouverte, Chloé dormait encore, à l'arrière. Ma mère n'avait pas voulu qu'on la réveille. De toute façon, elle n'en avait pas pour longtemps.

Assis à l'avant, sur le siège passager, je l'avais regardée s'éloigner sur le parking en direction de l'entrée du magasin. C'était devenu un rituel depuis l'accident de mon père. Dès que nous allions le voir, nous faisions un crochet par le Jardiland de Changy-en-Vexin pour lui acheter des fleurs. D'ailleurs, je dis des fleurs, mais lorsque, quelques minutes plus tard, les portes automatiques s'écartèrent et que ma mère reparut, c'était plutôt une plante qu'elle tenait dans les mains.

Elle ouvrit sa portière et me la confia en me priant de faire attention. Elle n'était pas très haute. À sa base, les tiges se ramifiaient n'importe comment en de fines branches flexibles hérissées d'épines. Les rares bourgeons qui émergeaient du fouillis de feuilles étaient tout gonflés et serrés en pointe. Je n'étais pas certain qu'elle plaise à mon père.

Elle est belle, dis-je.

Ma mère ne répondit pas. Elle s'installa et, comme si elle ne m'avait pas entendu, boucla sa ceinture et alluma le moteur.

Elle ne me supportait plus. Depuis que le principal du collège Joliot-Curie l'avait convoquée dans son bureau, au début de la semaine, pour lui annoncer que je n'avais plus le droit de remettre les pieds dans l'établissement jusqu'au conseil de discipline, elle ne cherchait plus à cacher l'aversion que je lui inspirais.

Attache-toi, m'ordonna-t-elle.

J'avais intérêt à bien me comporter durant le week-end.

Je lui obéis et la voiture recula. Pour éviter que la plante ne se renverse, je calai le pot entre mes cuisses. Nous quittâmes bientôt le parking de Jardiland et rejoignîmes la nationale sans un mot.

J'avais hâte qu'on arrive.

On n'était plus très loin, du reste. Passé Changy-en-Vexin, le ciel s'élargit au-dessus de nous, d'un bleu franc et sans nuage. Après quelques kilomètres en ligne droite au milieu des champs, la départementale commença à sinuer en s'enfonçant dans la vallée. Au dernier rond-point, ma mère enclencha le clignotant, mais, au lieu de prendre la deuxième sortie, elle tourna directement à droite, vers Vesles-la-Forêt.

Elle dut sentir mon étonnement, car, les mains sur le volant, elle me considéra avec une sorte de défiance.

Il est déjà onze heures, m'expliqua-t-elle. On ira plus tard.

Je baissai le menton. À cause des vibrations, la plante se laissait animer de légers tremblements, comme si, à leur manière, les branches protestaient contre cette décision. Je n'insistai pas. À quatorze ans, j'avais fini par comprendre que ma mère suivait des logiques qui lui étaient propres. En voulant toujours tout simplifier, elle compliquait souvent les choses, elle aussi.

Après l'église, elle contourna le terre-plein du monument aux morts et nous passâmes devant le café des Sports, sous l'auvent duquel les tables en aluminium étaient vides et les chaises inoccupées. À l'angle de la pharmacie, elle s'arrêta et se pencha pour vérifier que personne n'arrivait de la gauche.

La maison était située en bordure de route, juste à la sortie de Vesles-la-Forêt, dans le lieu-dit de La Bergerie. À son approche, ma mère ralentit et, comme les battants du portail étaient grands ouverts, nous bifurquâmes sans attendre dans la vaste propriété arborée. De part et d'autre de l'allée, la pelouse était d'un vert sec et jaunissant à cause des fortes chaleurs qui s'étaient abattues sur tout le pays ces dernières semaines, des températures caniculaires, anormalement élevées pour un mois de mai. Au loin, j'aperçus la silhouette de mon grand-père, voûté au-dessus d'un massif d'hortensias aux gros bouquets ronds et violacés. Armé d'un sécateur, le pantalon ceinturé à mi-ventre, il se redressa en nous attendant et considéra avec une méfiance bougonne le véhicule qui se rapprochait de lui.

Il fronça les sourcils et ses traits se durcirent. Il ne nous avait pas reconnus.

Ça ne devait pas l'aider qu'on change chaque fois de voiture. Celle que nous avions louée, ce matin-là, était une Toyota anthracite, dont les plastiques et les revêtements en tissu dégageaient dans l'habitacle une incommodante odeur de neuf. Aussi, dès que ma mère s'arrêta sous le cèdre, je détachai ma ceinture de sécurité, pris la plante et sortis.

Il n'était pas encore midi, mais il faisait déjà chaud, dehors. L'air était pur et ça sentait la campagne, une odeur d'herbe coupée à laquelle se mêlaient de lointains relents de lisier ou de fermentation d'engrais.

Dès qu'elle descendit de la Toyota, je suivis ma mère, qui se dirigea vers mon grand-père. Lui aussi venait à notre rencontre en faisant rouler sa brouette devant lui.

Eh bien, s'écria-t-il, d'où venez-vous comme ça ?

D'où voulez-vous qu'on vienne, repartit ma mère, de Meaux.

De Meaux ? s'étonna-t-il en reposant sa brouette remplie d'un amas de branchages et de mauvaises herbes. Et qu'est-ce que vous êtes allés faire à Meaux ?

Ma mère ne prit pas la peine de lui rappeler que cela faisait bientôt six ans que nous étions meldois.

Elle l'embrassa, après quoi je m'avançai, moi aussi, et, tout en éloignant la plante, posai mes joues contre les siennes, qui étaient tièdes et légèrement moites.

Hé, hé, comment vas-tu ? me demanda-t-il en me tapotant l'épaule.

Le blanc très blanc de sa chevelure tranchait avec la couleur fraise de sa figure.

Je lui souris. Il semblait content de me voir, mais je n'étais pas certain qu'il ait bien compris qui j'étais.

Et vous ? Vous paraissez en forme, affirma ma mère.

Le visage de mon grand-père s'immobilisa soudain. Son front, d'étonnement, se rida de deux grands M superposés. Sous le cèdre, la portière arrière de la Toyota venait de s'ouvrir. Chloé sortit de la voiture. Sa chevelure brune toute dépeignée lui donnait un côté sauvage et renfrogné. Debout, elle nous observa tous les trois, en grimaçant. Elle semblait croire qu'on l'avait oubliée.

Qui c'est ? s'inquiéta mon grand-père.

Aveuglée par le soleil, ma mère plaça sa main en visière au-dessus de ses yeux.

Quoi, vous plaisantez, Jean-Loup ? Je vous ai téléphoné il y a une heure, pour vous prévenir. Geneviève ne vous a rien dit ?

Non, assura-t-il.

Ma mère, sceptique, rétracta le menton. Mais

enfin, c'est ma nièce, expliqua-t-elle, la fille de ma sœur. On la garde pour le week-end.

Mon grand-père acquiesça, un peu décontenancé. Tout allait trop vite pour lui, et les informations avaient visiblement du mal à s'agencer dans son esprit confus. Il esquissa un sourire hésitant et sénile, puis observa de nouveau ma cousine, qui marchait vers nous maintenant, d'un pas nonchalant. Elle avait dormi pendant tout le trajet et ne semblait pas comprendre où elle était. Comme d'habitude, elle était fagotée n'importe comment. Elle avait dû enfiler à la va-vite les premiers vêtements qui lui étaient tombés sous la main – un ample sweat jaune à capuche un peu sale, une jupe blanche à volants et de vieilles Adidas crasseuses, dont les lacets étaient défaits. Arrivée à notre hauteur, elle se frotta les paupières et marmonna un inaudible bonjour, sans qu'on sache bien si c'était à nous ou à mon grand-père que celui-ci était adressé, puis elle considéra avec perplexité la plante que je tenais, l'air de se demander si celle-ci m'avait poussé par magie dans les mains pendant qu'elle dormait.

Elle est toute petite, jaugea ma grand-mère après avoir éteint le robinet. Elle s'empara d'un vieux torchon qui traînait sur le dossier d'une chaise, dans lequel elle se sécha vigoureusement les mains, puis s'avança vers moi. À mon avis, elle ne va pas tenir avec cette chaleur, ajouta-t-elle tandis que je déposais la plante sur la table de la cuisine.

Elle fronça le nez pour mieux la voir. Avec son index, elle se mit à gratter la terre.

Elle a soif, remarqua-t-elle.

Son visage, en vieillissant, était devenu osseux, mais, contrairement à mon grand-père, elle était toujours alerte. Elle souleva le pot et alla le placer dans l'évier, où elle fit couler un maigre filet d'eau. Elle agissait comme si la plante était la sienne, désormais. Je ne voulais pas qu'elle croie que c'était un cadeau que nous lui faisions.

C'est ta mère qui l'a choisie ?

J'acquiesçai. Elle la reposa sur la table en plaçant, en dessous, une assiette en guise de coupelle, puis me demanda pourquoi nous n'étions pas encore allés voir mon père.

Il était trop tard, répondis-je.

Depuis l'accident, nous parlions de lui comme s'il s'était seulement absenté quelques heures et allait revenir pour le déjeuner, en s'excusant d'avoir traîné sur la route.

Comment ça ? s'offusqua-t-elle.

Je me contentai de hausser les épaules pour montrer que je ne faisais que répéter ce que ma mère avait dit. À cet instant, le grelot de la porte d'entrée tinta. Il y eut du mouvement dans le vestibule, puis j'entendis ma mère réclamer à Chloé qu'elle dépose les bagages sur le banc de l'entrée.

Mon Dieu, s'exclama ma grand-mère lorsqu'elles nous eurent rejoints dans la cuisine. Comme elle a grandi !

Ma cousine, avec un soupçon d'incrédulité, considéra cette femme qu'elle ne connaissait pas et qui la gratifiait d'un large sourire.

Tu te souviens de moi ?

Avec la franchise que lui autorisait son âge, Chloé dit non. Moi non plus, je ne me rappelais pas qu'elles s'étaient déjà vues.

Je t'ai rencontrée, tu n'étais pas plus haute que ça, expliqua ma grand-mère en plaçant sa main froissée et bleuie de veines saillantes bien parallèle au sol pour indiquer le vide en dessous.

Ah bon ? s'étonna Chloé.

Le sourire de ma grand-mère s'affadit insensiblement. Je compris qu'elle avait dû faire sa connaissance le jour des obsèques de mon père et, pour elle, c'était impensable d'oublier un événement pareil.

Quel âge as-tu, à présent ?

Onze ans, répondit ma mère en se délestant du sac isotherme qu'elle avait apporté.

Elle le posa sur la table, à côté de la plante.

Onze ans, répéta ma grand-mère en hochant la tête, comme si elle égrainait les années qui avaient passé. En tout cas, reprit-elle, tu es devenue bien mignonne.

Elle exagérait. Il était impossible de trouver du charme à ma cousine, dont les joues étaient encore un peu rondes et potelées. Au contraire, quelque chose de disgracieux affectait son visage, sans qu'on puisse affirmer précisément si c'étaient ses oreilles rabattues vers l'avant ou ses sourcils noirs et fournis qui, pour l'heure, rendaient sa beauté incertaine.

Insensible à ce compliment, Chloé s'accroupit devant moi et posa un genou sur le carrelage de la cuisine pour renouer ses lacets.

Et pour le couchage ? s'inquiéta ma mère tout en fouillant dans le sac, comment fait-on ?

Je ne sais pas, riposta ma grand-mère, qui proposa tout de même une première configuration, à laquelle ma mère s'opposa sans explication avant d'en soumettre une autre.

Je ne les écoutais plus. Chloé venait de se relever et, sans rien demander à personne, s'était éloignée en direction de la véranda, attirée par la présence de l'amazone.

Il avait l'air de lui plaire avec son front bleu, sa tête jaune et son corps tout vert qu'éclaboussaient, sur le haut des épaules et le fouet des ailes, de délicates marques rouges. Sur sa poitrine, ses plumes s'imbriquaient en formant des sortes d'écailles soyeuses que Chloé scrutait, les yeux grands ouverts.

J'en avais jamais vu en vrai, murmura-t-elle lorsque je l'eus rejointe devant la cage. Comment il s'appelle ?

Muet, le vieux perroquet de mes grands-parents se tenait fièrement sur son perchoir, le torse bombé.

Charles, dis-je.

En entendant son nom, il pencha la tête. En miroir, ma cousine inclina la sienne. Elle avança ensuite la main et appuya son index entre les barreaux, comme si, malgré tout, elle cherchait à le caresser.

Attention, il peut te mordre.

Le perroquet me toisa. Ma remarque dut lui

déplaire, car, pris d'un léger frisson, il s'ébroua et laissa d'un coup échapper un cri bref, suivi d'un sifflement suraigu.

Chloé eut peur et retira sa main.

Intrigué, Charles la considéra avec étonnement, tassa le cou, le redressa et poussa de nouveau une succession de désagréables récriminations stridentes.

Lorsqu'il se tut, Chloé lui sourit avec une prudence amusée. Il se déplaça alors en pas chassés sur son trapèze, puis frotta l'arrondi de son vieux bec tout gris contre le bois du perchoir.

Il est marrant. Est-ce qu'il parle ?

Un peu, dis-je.

Elle s'approcha davantage.

Allez, parle, lui ordonna-t-elle.

Charles se redressa. Son œil rond devint plus vif.

Tu parles, Charles !

En l'entendant, Chloé ouvrit les lèvres en un O d'admiration, puis se tourna vers moi.

Tu as vu ?

Je hochai la tête.

Il a parlé ! insista-t-elle.

J'étais content. Même si on était voisins, on ne s'était presque pas vus cette année. J'espérais qu'on allait profiter du week-end pour se retrouver.

À table, vocalisa de nouveau le perroquet, *à table ! Charles ? Tu parles. Ténooor !*

Il fixa cette fois Chloé avec cette obstination légèrement interrogative qui indiquait qu'il attendait quelque chose en retour. Comme rien ne venait, il recommença à siffler, à crailler et à répéter en boucle son injonction favorite.

À table, Charles ! À table !

Ça suffit ! dit sèchement ma mère.

Ce n'était pas au perroquet qu'elle s'était adressée, ni à Chloé.

Quentin, tu arrêtes de l'embêter !

En entendant mon prénom, je me tournai vers elle.

C'est pas moi, protestai-je.

Mécontente que je me justifie, elle posa sur la table de la cuisine le sac plastique qu'elle tenait à la main et se dirigea vers nous. Je crus qu'elle allait me gifler, mais elle s'arrêta et nous considéra l'un et l'autre.

Vous arrêtez, maintenant.

On n'a rien fait, m'indignai-je en prenant Chloé à témoin, qui se tenait bien droite à côté de moi et, n'ayant pas l'habitude qu'on la gronde, n'avait manifestement pas l'intention d'assurer notre défense.

Tu l'excites, me répondit ma mère. Tu sais bien qu'après ça ne s'arrête plus.

Je baissai la tête.

J'avais accepté, après ce qui s'était passé dans le vestiaire du gymnase de Joliot-Curie, qu'elle me punisse et me prive de tout durant la semaine qui venait de s'écouler. En revanche, je ne supportais plus sa façon de me parler. Les bras le long du corps, je serrai les poings pour contenir ma colère. Le perroquet s'était énervé tout seul. C'était injuste.

Tu te calmes, m'ordonna-t-elle en me voyant fermer les yeux et froncer le nez.

Je grimaçai de plus belle et ma nuque s'agita d'à-coups nerveux. Ça l'agaçait, que j'aie des tics.

Elle réclama que je la suive dans le vestibule, où elle me désigna les bagages laissés sur le banc de l'entrée. Me faisant remarquer que ce n'était pas leur place, elle exigea, puisque visiblement je ne savais pas quoi faire, que je les monte à l'étage.

Sans un mot, je mis la lanière du sac de ma cousine sur mon épaule et soulevai le mien par l'anse. Me voyant m'éloigner, ma mère m'expliqua que je dormais dans la chambre Jaune. Chloé, elle, occuperait la Rose. Je commençais à gravir les marches de l'escalier lorsqu'elle ajouta que je n'avais qu'à déposer les affaires de ma cousine sur son lit, on lui montrerait sa chambre plus tard.

Avec son corps sale, ses jambes maigres et ses oreilles qui pendouillaient, je reconnus tout de suite le lapin avec lequel ma cousine dormait. C'était une peluche gris clair, une sorte de doudou en laine bouillie, dont le ventre, quand on l'écrasait, était mou comme s'il était embourré de sable ou de petites billes. Il ne sentait pas très bon et je l'abandonnai sur le matelas, à côté du manuel et du cahier Clairefontaine que je venais d'extraire du sac.

Poursuivant mon inventaire, je sortis délicatement la trousse de toilette en plastique transparent et la soulevai un instant. À l'intérieur, on pouvait voir différents tubes de crème jetés en vrac, des pansements et un stick de déodorant, une pince à épiler et une brosse à dents. Je recensai ensuite divers vêtements, dans le désordre du sac, un legging noir aux jambes entremêlées, une paire de chaussettes mauves roulées en une boule compacte, un tee-shirt à rayures jaunes mal plié, une chemise de nuit toute blanche ainsi qu'un haut de maillot de bain, une simple brassière, en vérité, dont les couleurs bariolées, un mélange d'abricot, de vert et de rose, se retrouvaient sur le bas assorti. J'écartai celui-ci deux ou trois fois entre mes mains afin d'évaluer son élasticité, puis l'approchai de mon nez pour humer la suave senteur de chlore qui l'imprégnait. À cet instant, la porte de la chambre s'ouvrit.

Le temps que je comprenne ce qui se passait, c'était trop tard. Ma mère était là, la main sur la poignée, interdite.

Qu'est-ce que tu fais ? me demanda-t-elle.

D'étonnement, sa figure s'était alourdie en me voyant assis sur le lit.

Hein, qu'est-ce que tu fais ? insista-t-elle.

Le parquet grinça sous le poids de son corps. Elle portait, sur son avant-bras, un jeu de draps et des taies d'oreiller. S'arrêtant devant moi, elle considéra le sac éventré et les vêtements de ma cousine disséminés sur le matelas.

Tu fouilles dans ses affaires ?

Non, dis-je.

Suspendues à ses lobes, ses boucles d'oreilles, en forme d'éventail, tremblotèrent. À cause de ma position sur le lit et de son irruption dans la chambre à un moment où je ne m'y attendais pas, je repensai au soir où elle était venue m'annoncer que mon père avait eu un accident de voiture. Je n'avais pas compris tout de suite ce que cela signifiait. Elle s'était assise face à moi, m'avait pris dans ses bras et m'avait serré de toutes ses forces contre sa poitrine, m'étouffant presque. Quand elle avait relâché son étreinte, elle m'avait effleuré la joue, pour l'essuyer, parce qu'elle était mouillée de ses larmes à elle, puis, s'apercevant sans doute qu'elle n'avait pas été assez claire, elle avait précisé que mon père était mort. La suite demeurait floue dans mon esprit. Dans les jours qui avaient suivi, peut-être parce qu'on voulait me tenir à l'écart de l'agitation et des formalités, j'avais dû aller dormir chez ma tante. Je me revoyais étendu sur un matelas posé au sol dans la chambre de Chloé, sans vraiment comprendre que c'était fini, que je ne verrais plus mon père.

Quentin, je te parle. Qu'est-ce que tu fais, alors ?

Son ton avait été plus sec.

Rien, dis-je.

Je fronçai les sourcils.

Rien ?

Je ne fouille pas, marmonnai-je.

Tu te moques de moi ?

Je me défendais mal. Je butais sur mes pensées. Redressant la tête, je lui rappelai alors que c'était elle qui avait réclamé que je dépose les vêtements de Chloé sur le lit. C'était ce que je faisais.

Elle contracta le front. Elle paraissait effarée par ma réponse et n'avait pas l'air de croire possible que j'aie pris sa requête à la lettre.

Qu'est-ce que c'est ? demanda-t-elle soudain.

À la façon que j'avais eue de garder le poing fermé, elle avait compris que je dissimulais quelque chose. Elle alla déposer les draps sur la commode de la chambre, à côté du ventilateur en plastique, puis revint se poster devant moi et me saisit le poignet.

Montre-moi, dit-elle.

Je n'avais pas le choix. J'ouvris la main. Du bout des doigts, elle s'empara du bas du maillot de bain, le souleva et le laissa pendre devant mon nez. Tu peux m'expliquer ?

T'expliquer quoi ?

J'essayai tant bien que mal de ne pas baisser les yeux, mais la pupille des siens était dilatée par la colère.

Ne me prends pas pour une imbécile !

Elle s'était raidie, pleine d'une aigreur pugnace. Je contractai involontairement la nuque et grimaçai nerveusement.

Je range. C'est ce que tu m'as demandé de faire, réitérai-je sans hausser le ton.

Elle dut prendre mon aplomb pour une forme

d'arrogance, car elle amorça un mouvement du bras. Par réflexe, je m'abritai aussitôt derrière la pointe relevée de mon coude et attendis que sa main s'abatte sur moi. Je n'avais pas envie qu'elle m'empoigne par les cheveux ni me secoue la tête, cette fois. Je me sentais prêt à m'opposer à elle.

Elle le perçut, peut-être, car elle se ravisa.

Sors !

Je me levai, en l'évitant.

On en reparlera, dit-elle au moment où je franchissais la porte, tu peux me croire.

La température, dehors, avait fortement augmenté. Le vent était devenu d'une douceur malsaine, presque écœurante. À côté de moi, ma cousine venait de se déchausser en écrasant nonchalamment le talon de ses baskets. Elle retira ses chaussettes, une à une, et les lança derrière elle. Celles-ci, en retombant sur la terrasse, roulèrent près d'un arrosoir.

Regarde ! dit-elle.

Elle courut sur le gazon. Levant les bras au-dessus de sa tête, elle fit basculer son corps et prit appui avec ses mains dans l'herbe rase. Avec une fluidité de gymnaste, elle effectua une roue parfaite, qui fit virevolter sa jupe, et retomba sur ses pieds. Se tournant vers moi, elle écarta une mèche de son front, qu'elle glissa derrière son oreille.

Tu as vu ?

Je ne répondis pas. Notre différence d'âge commençait à se faire sentir. On n'avait plus les mêmes jeux, elle et moi. Voyant que je ne réagissais pas, elle posa les mains sur les hanches et m'observa.

Bon, on fait quoi ?

L'époque où on passait des heures à jouer ensemble sans réfléchir me paraissait loin.

Comme tu veux, dis-je.

D'un pas décidé, elle emprunta le chemin de dalles qui serpentait au milieu de la pelouse. Elle avait l'air de savoir où elle allait. Je commençai à la suivre, mais elle s'arrêta après quelques mètres et se pencha vers l'avant.

Viens voir.

Elle observait quelque chose par terre, entre ses jambes. Je m'avançai et vis l'oiseau étendu sur la pierre, une sorte de passereau gris-brun, dont le plumage était tout ébouriffé et les pattes raides, dressées vers le ciel. Il était dans un état de décomposition déjà bien avancé car sa tête à nu paraissait recouverte d'une sorte de cire translucide et il n'avait plus que deux minuscules trous sombres à la place des yeux.

Il est mort, dis-je.

Son immobilité contrastait avec l'agitation des fourmis qui s'animaient autour, vivantes et laborieuses. Certaines disparaissaient en ligne droite dans l'herbe, tandis que de nouvelles surgissaient sur la dalle irrégulière et avançaient à vive allure en direction du corps, pressées d'avoir leur part.

Il faut l'enterrer ! proposa Chloé en se redressant et, dans un élan de gaieté, elle descendit vers la roseraie en quête d'un bâton.

Sans le savoir, elle se dirigeait vers la piscine qui se trouvait plus bas, derrière la haie d'aubépines. Je n'avais pas envie qu'elle la voie. Ma mère refuserait qu'on se baigne avant le déjeuner, ce n'était même pas la peine d'y penser.

Regarde ! cria-t-elle.

Elle tendait le bras et pointait quelque chose du doigt. Le temps que je comprenne ce qu'elle me montrait, elle avait déjà commencé à s'élancer vers l'arbre et je me mis à courir, moi aussi, pour la rattraper.

À peine arrivée, elle s'agrippa à l'échelle de corde. Avec une habileté de singe, elle monta en posant la plante de ses pieds nus sur chacun des barreaux de bois. Lorsqu'elle fut tout en haut, elle s'éclipsa sur la plate-forme. J'empoignai à mon tour l'échelle, posai la semelle de ma chaussure sur un des degrés et levai de nouveau la tête. Celle de ma cousine reparut dans l'ouverture où elle s'était glissée.

Tu viens ?

Ses cheveux formaient une crinière noire autour de son visage. Malgré moi, j'éprouvais une très légère réticence à retourner dans cette cabane. Je progressai prudemment, par paliers, mais, à mesure que je me hissais, l'échelle oscillait sous mon poids. Je parvins tout de même à atteindre facilement la trappe et Chloé se décala pour me laisser passer.

Debout, je m'avançai jusqu'au garde-corps. La terrasse surplombait le jardin et offrait une vue panoramique. En contrebas, j'aperçus ma mère, qui venait de sortir de la véranda. Lorsque je compris qu'elle nous cherchait, je m'éloignai aussitôt de la rambarde.

Hormis ses dimensions, l'intérieur de la cabane était conforme à mon souvenir avec son toit en appentis et sa fenêtre qu'occultait, en guise de rideau, un morceau de drap déchiré. Le plancher, à l'entrée, était jonché de brindilles, après quoi c'était toujours le même tapis élimé et poussiéreux qui occupait les trois quarts de la pièce, sur lequel était disposé n'importe comment un fatras de coussins et d'oreillers tout mous. Chloé s'y était étendue de biais, les mains derrière la tête et les coudes écartés. Elle avait pris possession du lieu.

J'adore, dit-elle.

Je regardai autour de moi. Je reconnaissais les images que nous avions accrochées un peu partout avec mes cousins, des cartes postales gondolées, des affiches publicitaires et quelques photos de nous vers l'âge de sept ou huit ans, dont les couleurs étaient délavées à cause de la chaleur, de l'humidité ou simplement du temps qui avait passé. Sur la droite était punaisé un planisphère, où les continents se découpaient sur une vaste zone bleu ciel représentant les mers et les océans. À côté, sur une étagère mal fixée, une série de cailloux et de coquillages côtoyait un bout de bois tordu, tandis que des dinosaures et d'autres figurines en plastique étaient exposés sur le couvercle d'une boîte transparente. Tout cela, il y a quelques années encore, recelait une valeur inestimable à nos yeux, mais ce n'étaient plus, aujourd'hui, que des babioles laissées à l'abandon.

Je m'assis près de Chloé et m'adossai à la cloison.

Tu viens souvent ?

Je répondis de manière évasive, par un haussement d'épaules. Je ne parvenais plus à me souvenir de la dernière fois que j'étais monté dans ce que nous considérions, mes cousins et moi, comme notre refuge. Ce devait être avant la mort de mon père. Elle me paraissait immense, à l'époque.

Ma cousine releva les genoux et plia ses jambes pour me faire de la place. J'étais content de partager cet endroit avec elle. J'avais le sentiment que, même sans parler, on retrouvait déjà une forme d'intimité tous les deux. Je profitai d'ailleurs de cet instant de silence pour lui demander de ne rien dire à ma mère.

Pourquoi ?

Comme ça, dis-je.

Je ne voulais pas lui avouer que ma mère trouvait dangereux qu'on monte dans cette cabane. S'il arrivait quoi que ce soit, c'était sur moi que ça retomberait. D'une moue, Chloé laissa entendre que quelque chose lui échappait dans cette recommandation, mais elle n'insista pas et avisa avec intérêt une épaisse toile d'araignée, qui formait une nappe blanche et cotonneuse sur le versant du toit.

Au fait, m'informa-t-elle, ma mère m'a raconté.

Je reniflai sans raison.

Raconté quoi ?

Bah, qu'ils t'ont renvoyé de Joliot-Curie.

Je pris quelques secondes pour l'observer. Peut-être parce qu'elle ne portait pas le même nom que nous (elle s'appelait Chloé Mancini, pas Mérieux), elle me paraissait différente de mes autres cousins, ceux du côté de mon père, avec qui les jeux, systématiquement, finissaient mal. Chloé, elle, était plus calme. On ne s'était jamais disputés.

Ils ne m'ont pas renvoyé, rectifiai-je.

Bah si, s'obstina-t-elle.

Ça m'était égal qu'elle soit au courant. Au contraire, ça m'évitait d'avoir à le lui apprendre. Sans m'énerver, je lui expliquai qu'il fallait attendre le conseil de discipline pour savoir si je serais exclu. Pour l'instant, ils appelaient ça une « mesure conservatoire ».

Ah, concéda-t-elle.

Elle ne semblait pas percevoir la nuance. Toujours allongée, les mains croisées derrière la nuque, elle contempla de nouveau le toit au-dessus d'elle, comme s'il s'agissait d'un ciel étoilé.

Tu t'es battu, c'est ça ?

Je ne répondis pas.

C'était qui ? Un garçon ?

Elle tourna la tête vers moi et me fixa avec insistance. Je fronçai les sourcils. Je n'excluais pas que ma tante l'ait incitée à profiter du week-end pour essayer d'en apprendre davantage et pouvoir ensuite tout répéter à ma mère.

Ça ne te regarde pas, dis-je.

Je n'avais pas envie de repenser à ce qui s'était passé dans le vestiaire du gymnase, ni de prononcer le nom de Tolotra Ramanalarahona.

Il t'a fait quoi ?

Rien. Je ne veux pas en parler.

Bon, conclut-elle.

Ce n'était pas la première fois qu'on m'embêtait, au collège. Depuis la rentrée de septembre, mes camarades se moquaient des boutons qui avaient brusquement envahi mon front et mes joues durant l'été, mais, cette fois, Tolotra Ramanalarahona était allé plus loin en affirmant devant tout le monde, avec une sournoiserie féroce, que mon père avait préféré foncer droit dans un arbre parce qu'il me trouvait trop laid. Personne n'avait encore jamais osé évoquer l'accident de voiture de mon père et, sans réfléchir, je m'étais jeté sur lui. Sous les encouragements et les acclamations des autres élèves qui vociféraient sur les bancs du vestiaire, je lui avais tiré les cheveux et l'avais roué de coups de poing pour le faire taire. Même lorsque le professeur m'avait ceinturé pour nous séparer, j'avais cherché à l'atteindre avec mon pied, animé par une colère inédite et doté d'une force que je ne me connaissais pas.

Je ne regrettais rien, pour être honnête. J'appréhendais simplement le moment où j'allais devoir m'expliquer, durant le conseil de discipline, face à des gens que je ne connaissais pas.

Je m'essuyai le front. J'étais en nage. Il n'y avait pas beaucoup d'air dans la cabane et ma cousine me donnait chaud avec son sweat.

Tu sais, dit-elle, j'ai déjà embrassé deux garçons cette année. Le même jour, précisa-t-elle.

Elle guetta une réaction de ma part, de sorte que, du bout des lèvres, je lui accordai un sourire incrédule, pas tout à fait certain de comprendre pourquoi elle me parlait de ça.

Raconte.

Bah non, c'est tout.

C'était qui ?

Des garçons de ma classe, tu les connais pas.

Elle recommença à inspecter la pente du plafond. Je considérai son profil dans la pénombre et remarquai pour la première fois que ses traits, sans s'affirmer vraiment, avaient commencé à s'affiner. Malgré ses grandes oreilles décollées et ses sourcils trop épais, elle avait tout de même un joli visage.

Tu as vu ? dit-elle en levant le bras.

Elle me montrait, à ses poignets, tout un jeu de bracelets colorés et très fins. Celui-ci, c'est Lucas qui me l'a offert.

Je reniflai, encore une fois, ce qui produisit un sifflement sec dans mes narines. Je ne savais pas qui était Lucas et commençais à me trouver anormal, à mon âge, de n'avoir jamais embrassé une fille. Elle dut comprendre que cette discussion me mettait mal à l'aise, car elle changea brusquement de sujet.

Et tu fais quoi, toi, pour les grandes vacances ? Nous, en juillet, on part en Corse, comme l'année dernière. Près de la plage de Rondinara, précisa-t-elle. On va faire du snorkeling avec papa.

C'était maladroit, de sa part, d'évoquer ses vacances en famille. Celles que j'avais passées avec mon père et ma mère me paraissaient loin.

Elle avait toujours les genoux relevés et sa jupe s'était légèrement affaissée. Je posai furtivement mon regard sur ses cuisses, dont la nudité brune contrastait avec la blancheur du tissu. Peut-être s'en rendit-elle compte, car elle étendit de nouveau les jambes devant elle et je dus décaler les miennes.

J'étais mal assis, maintenant. Je décidai de me relever.

Bon, dis-je, je descends.

Je dus baisser la tête pour ne pas me cogner au toit. Chloé tendit le bras pour que je l'aide à se mettre debout. J'hésitai. Je ne savais pas si c'était à cause de la chaleur ou du fait d'avoir repensé à Tolotra Ramanalarahona, mais je me sentais mal. Je finis tout de même par lui prendre la main. Sa paume était chaude et légèrement moite dans la mienne, mais à l'instant où je la soulevai, ma vue se troubla d'un coup et je crus que j'allais m'évanouir.

Elle se mit à rire.

Qu'est-ce que tu as ? plaisanta-t-elle. On dirait que tu viens de voir un fantôme !

La perception de ce qui m'entourait était curieusement altérée, comme si quelque chose venait de se dérégler en moi et que je pressentais l'imminence d'un danger. Je pris appui contre la paroi et, dans un état de faiblesse et de confusion, me laissai retomber sur le désordre de coussins. Chloé, aussitôt, s'agenouilla. Elle ne riait plus. Inquiète, elle posa délicatement ses doigts sur mon épaule. Ça va ? Tu es tout blanc.

II

Entaillée de coupures roses faites délicatement dans la chair avec la lame d'un couteau, sa peau grise et blanche luisait d'huile. Sa bouche, entrouverte sur de fines dents acérées, donnait l'impression qu'il essayait de dire quelque chose et son œil, d'un noir profond et cerclé de nacre, avait l'air de me regarder.

Allez, sois gentil, me dit ma grand-mère, va porter ça dehors à ton grand-père.

Je pris le plat qu'elle me tendait, à l'intérieur duquel le gros poisson fuselé était étendu sur le flanc, puis sortis par la véranda.

Sur la terrasse, le vent était tombé maintenant et la chaleur était suffocante. Les baskets et les chaussettes roses de Chloé traînaient encore près de l'arrosoir, abandonnées comme des dés sur un plateau de jeu.

Je ne savais pas où elle était.

Après être descendu de l'arbre, je lui avais demandé de me laisser seul et m'étais allongé quelques minutes sur le canapé du salon pour reprendre mes esprits. En me relevant, je l'avais cherchée partout dans la maison, mais ne l'avais pas trouvée.

Le plat à la main, je longeai le mur en direction de mon grand-père, qui se tenait debout près du barbecue.

Il ne m'avait pas entendu arriver. Son chapeau de paille sur la tête, il tenait un cageot, qu'en se penchant il brisa d'un coup net en l'écrasant avec la semelle de sa chaussure. Il récupéra ensuite les morceaux de lames cassées, qu'il déposa dans le foyer. Lorsqu'il remarqua que j'étais là, il me sourit gentiment.

Hé, hé, c'est déjà prêt ?

Il sortit une boîte d'allumettes de sa poche, en retira une, qu'il gratta d'un mouvement du poignet, et, tremblant légèrement, approcha du papier journal tout chiffonné. La flamme ne tarda pas à grandir et à se tordre. Le bois clair et léger de la cagette s'éveilla, lui aussi, et claqua, en noircissant, dans de brefs craquements.

Ensemble, nous contemplâmes le feu. Au bout d'un moment, il ramassa un grand sac de charbon de bois couché dans l'herbe et le secoua en hauteur, de manière à faire tomber des cubes noirs, qui, tout en se déversant, s'entrechoquèrent dans un roulement creux. Il se munit ensuite d'un magazine, qu'il agita devant lui. Le charbon, en chauffant, émettait des crépitements cristallins, cependant qu'une épaisse fumée blanche commençait à s'élever au-dessus du barbecue, en se dissipant dans l'air et en faisant virevolter d'infimes fioritures de cendre.

Alors, tu t'amuses bien ?

Je ne sus que répondre. C'était encore un peu tôt.

Il retira son chapeau et, pour se rafraîchir le front, s'éventa avec. Sa chevelure, avec la transpiration, était collée sur ses tempes. Il semblait fatigué.

Je m'éloignai du barbecue, de sa chaleur trouble, puis déposai le plat sur le guéridon. En revenant, je demandai à mon grand-père si, par hasard, il n'avait pas vu Chloé.

Qui ça ?

Ma cousine, dis-je.

D'une moue, il laissa entendre que ça ne lui disait rien, mais il balaya quand même le jardin du regard, lentement, égaré comme s'il ne savait déjà plus ce qu'il cherchait. Il finit par replacer son chapeau sur sa tête et recommença à fixer les braises en laissant ses paupières délicatement froissées se plisser à demi.

Je m'en voulais d'avoir laissé Chloé toute seule.

Après avoir fait le tour de la maison, je la retrouvai enfin sur la balançoire, les jambes tendues devant elle, le buste incliné en arrière. Elle s'élevait dans les airs. Parvenue tout en haut, elle plia les genoux et recula sous l'effet de son poids, assez loin, avant de repartir. Je n'étais plus qu'à quelques mètres maintenant et entendais le portique qui grinçait. Je voulus la mettre en garde.

Descends !

Surpris, je me tournai. Ma mère venait de sortir de la maison et avançait vers nous à grands pas.

Descends ! hurla-t-elle à nouveau, accompagnant cette fois son injonction d'un geste de la main. Elle voulait que Chloé arrête de se balancer, mais c'était impossible, elle était lancée trop vivement et, toujours pieds nus, ne pouvait pas freiner en posant ses talons dans l'ornière creusée en dessous. Ma cousine se contenta de ne plus bouger, les mains agrippées aux cordages, mais se balançait encore. Passant devant moi, ma mère la stoppa en attrapant une des cordes. Cela eut aussitôt pour effet de faire tourner sur elle-même la planche où Chloé était assise, en lui insufflant un mouvement de vrille.

Regarde, tu vois bien que c'est dangereux ! Elle ne tient plus debout, cette balançoire !

Ma cousine pivota dans le sens opposé et leva la tête, désorientée.

Ah bon ? dit-elle en observant la structure du portique.

Oui, répondit ma mère. Et de toute façon, on va passer à table, ajouta-t-elle pour couper court à toute discussion.

Chloé sauta de la planche et se mit à courir en direction de la maison, avec une joie immature et insouciante.

Le visage enflé par la colère, ma mère me défia d'un œil mauvais.

Tu le sais, toi, qu'on ne doit pas utiliser la balançoire. Pourquoi tu n'as rien dit ?

Je savais qu'elle ne me croirait pas si je lui jurais que c'était ce que j'allais faire.

On ne peut vraiment pas te faire confiance, souffla-t-elle.

Elle s'éloigna.

Je ne lui en voulais pas. Au fond, elle croyait bien faire et avait envie que tout se passe bien, mais elle s'y prenait mal. Nous étions pareils.

En ouvrant un placard, ma grand-mère nous proposa de choisir une nappe parmi celles soigneusement pliées à l'intérieur. Chloé, après une observation minutieuse, désigna la plus simple et la plus belle, selon elle – la blanche avec un liseré bleu – que ma grand-mère retira. Nous allâmes tous les trois l'installer dehors, à l'ombre du tilleul, et ma mère déposa les verres. Je fus chargé de mettre les couverts, réunis dans ma main en un gros bouquet argenté, cependant que Chloé disposait une à une les assiettes. Lorsque tout fut en place, nous nous assîmes.

Mon grand-père ne tarda pas à apporter, dans une chaude et délicieuse odeur de graisse fondue et d'herbes aromatiques, le poisson dont la peau n'était plus qu'une croûte brunie et striée de marques noires. L'œil, lui, était devenu étrangement blanc.

Tout en tendant la main pour qu'elle lui fasse passer son assiette afin qu'elle soit servie en premier, ma mère demanda à Chloé comment s'était passée son année à Notre-Dame.

Très bien, résuma ma cousine, qui se tenait le dos bien droit, les poignets en appui sur la table.

La sixième, ça n'a pas été trop compliqué, finalement ? C'était comment d'avoir plusieurs professeurs ?

Bien, analysa Chloé.

Ton collège te plaît ?

Oui, ça va.

L'air de rien, ma mère se renseignait. Elle m'avait prévenu. Notre-Dame-de-la-Compassion avait la réputation d'être le meilleur établissement privé de Meaux, mais aussi le plus strict. C'était là-bas que j'irais terminer l'année si j'étais exclu de Joliot-Curie. Ça ne manquait d'ailleurs pas d'ironie, car on racontait que Tolotra Ramanalarahona, avant d'arriver à Joliot-Curie, avait été renvoyé de Notre-Dame, l'an passé, pour avoir harcelé un de ses camarades. Nous permuterions.

Et c'est quoi ta matière préférée ? renchérit ma grand-mère tout en servant ma cousine.

Je ne sais pas, répondit Chloé d'une voix atone. La musique, je crois.

La musique ? répéta ma mère.

Elle devait s'attendre à ce que sa nièce lui réponde

les mathématiques ou l'histoire. Quoi qu'il en soit, j'étais content qu'on s'intéresse à elle plutôt qu'à moi.

Lorsqu'elle lui rendit son assiette, ma mère voulut savoir si elle n'avait pas trop chaud.

Non, ça va, assura Chloé, dont les pommettes étaient constellées de gouttelettes de transpiration.

Enlève ça, au moins.

Sentant qu'elle n'avait pas vraiment le choix, ma cousine finit par retirer son sweat en le soulevant par le col, mais l'opération s'avéra compliquée. Sa tête ayant disparu, elle essaya d'extraire ses bras des manches, se débattit un instant et ressortit tout échevelée.

C'est mieux, non ? lui fit observer ma mère.

Chloé acquiesça, mais tout le monde la regardait. Même mon grand-père lui souriait et ça se voyait qu'elle était moins à l'aise maintenant qu'elle ne portait plus, à même la peau, que ce débardeur à fines bretelles qui lui dénudait les épaules.

Est-ce que tu sais déjà ce que tu veux faire plus tard ? la relança ma grand-mère.

Non. Sage-femme, peut-être. Ou écrivaine.

Écrivaine ? se réjouit ma mère.

Ma cousine confirma, avant d'ajouter que, l'an passé, elle avait déjà écrit un roman de six pages.

Six pages ? C'est beaucoup.

Bien que personne n'en eût émis le souhait, Chloé

raconta l'histoire de madame Apokalypsy (un nom qu'elle avait inventé) et de son chien Tom. Pendant le voyage, la maîtresse d'école découvrait que deux élèves étaient cachés dans la fusée. John, énuméra-t-elle, et l'autre… Heu, j'ai oublié son prénom. Et donc, madame Apokalypsy n'est pas contente, parce qu'un voyage dans l'espace, c'est une mission trop dangereuse pour des enfants. Donc sa fille lui explique qu'ils voulaient venir l'aider et donc elle répond : « D'accord. » Parce qu'ils ne peuvent plus revenir en arrière, de toute façon. Ah oui, précisa-t-elle pour qu'on comprenne bien, Manon, elle est amoureuse en secret de John et donc, à la fin, c'est John, avec l'aide de Tom, qui trouve la nouvelle planète. Voilà.

Ça a l'air intéressant, sourit ma mère.

Je la connaissais. L'attention qu'elle portait à Chloé avait pour but de me montrer que, contrairement à moi, ma cousine était digne d'intérêt. Ça m'était égal. J'avais l'habitude, au collège, qu'on me tienne à l'écart des conversations.

J'attendis que tout le monde soit servi, puis commençai à manger.

Et pourquoi cherchent-ils une nouvelle planète, tous ces gens ?

Chloé expliqua à ma grand-mère que c'était pour y vivre. À cause du réchauffement climatique, précisa-t-elle.

Sa réponse laissa tout le monde songeur. Il y eut un moment de flottement, durant lequel on entendit le vent agiter les feuilles dans les arbres.

Mais ce roman, reprit ma mère après un temps, tu l'as déjà fait lire à quelqu'un ?

Oui, à Mamy.

Mamie Odile ?

Non, pouffa ma cousine. Mamy, c'est mon amie. On est dans la même classe. Je passe toutes les récréations avec elle, elle est trop rigolote.

Mamy ? C'est original, comme prénom. C'est de quelle origine ?

Elle est née à Madagascar, répondit Chloé.

En entendant le mot *Madagascar*, je relevai la tête et considérai ma cousine avec étonnement.

Elle est malgache ?

Tous les yeux se tournèrent vers moi. C'était la première fois que je prenais la parole depuis le début du déjeuner.

Non, me répondit Chloé, je ne crois pas.

Si, rectifia ma grand-mère, si elle est née à Madagascar, elle est malgache.

Ah, consentit ma cousine.

Le vent tiède caressait mon visage et je fixai, sur la table, les flaques de lumière qui se déplaçaient insensiblement au milieu des verres et des assiettes.

Je pensais à Tolotra Ramanalarahona. Lui aussi était né à Madagascar.

Au bout de quelques secondes, je demandai à Chloé, à tout hasard, quel était le nom de famille de Mamy, mais ma cousine ne me répondit pas, non, elle lâcha brusquement son couteau et sa fourchette qui, en tombant dans son assiette, produisirent un bruit clair sur la porcelaine.

Elle poussa un cri et se leva.

Sa chaise en plastique se renversa dans l'herbe.

Eh bien ? s'affola ma mère. Qu'est-ce qui t'arrive ?

Chloé s'était éloignée et sautillait maintenant à quelques mètres de nous, en faisant de grands gestes désordonnés avec ses bras comme pour chasser un ennemi invisible.

Des bêtes ! cria-t-elle en s'ébouriffant. Il y a des bêtes !

Des bêtes ? répéta ma mère.

Un insecte venait d'apparaître devant moi, sur la nappe. Un second se posa bientôt juste à côté, puis un troisième, un quatrième. Je sentis un picotement au niveau du cou et passai ma main sur ma nuque. Je voulus retirer ce qui venait de s'introduire sous mon tee-shirt, mais la chose glissa entre mes omoplates et me descendit le long du dos.

Je levai la tête. Chloé ne mentait pas, il y avait des bêtes, de toutes petites bêtes noires et ailées qui étaient en train de nous tomber dessus.

Ce n'est rien, assura mon grand-père tout en s'emparant de sa serviette, ce sont des fourmis volantes.

D'un coup net, il balaya toutes celles qui étaient devant lui, mais d'autres les remplacèrent aussitôt. Il y en avait partout à présent, sur la nappe, dans les verres et même dans les assiettes, où elles gravissaient les reliefs en tremblotant. Leurs ailes, qui avaient la transparence de petites langues de papier, avaient l'air de les gêner. Désorientées, elles se déplaçaient en cherchant leur chemin sur la table et leurs corps noirs luisaient, petits et ronds comme les grains d'une mûre. Celles qui avaient le plus de mal à se mouvoir se laissaient monter dessus par les plus vives, formant ainsi, peu à peu, une colonie grouillante et frénétique, sans qu'on sache bien si ces fourmis descendues du ciel s'attaquaient entre elles maintenant ou cherchaient à copuler.

Mon grand-père retira son chapeau et se tamponna les tempes avec sa serviette. Chloé, toujours debout et à l'écart, se tenait penchée vers l'avant, une main plongée sous son débardeur pour se débarrasser des bêtes qui s'y étaient logées. Je levai de nouveau la tête. C'était fini. Le vent était retombé et les branches odorantes du tilleul avaient retrouvé leur immobilité.

Ma mère interrogea mon grand-père.

Eh bien, c'est curieux, non ?

Avant de lui répondre, il replaça son chapeau et étudia le ciel, qui s'était pommelé de quelques nuages blancs, puis fronça le nez avec un scepticisme tranquille.

Oui, reconnut-il, normalement, un vol nuptial, c'est en juillet ou en août. Jamais en mai. En tout cas, ça annonce l'orage.

Adossée à sa chaise, ma grand-mère ne bougeait plus. Des insectes cheminaient sur le gris de sa chevelure, mais elle les laissait faire. Lorsque nos regards se croisèrent, elle m'adressa un sourire énigmatique, à la fois triste et complice.

Tu as compris, n'est-ce pas ?

Compris quoi ? demandai-je.

Eh bien, c'est ton père. Il nous montre qu'il est là, ajouta-t-elle. Qu'il pense à nous.

J'acquiesçai. Les premiers mois, j'avais attendu un signe, moi aussi. L'idée qu'il y avait quelque chose après ne me paraissait pas aberrante à cette époque, j'étais même persuadé que mon père avait pressenti qu'il allait mourir puisque, la nuit qui avait précédé son accident, il était venu me voir dans ma chambre. Mais depuis six ans, c'était le silence complet et je n'étais plus certain de rien.

Après avoir apporté le dessert – des cerises noires auxquelles je n'avais pas touché, mais que Chloé avait picorées l'une après l'autre en recrachant les noyaux dans sa main –, ma mère m'avait invité à montrer à ma cousine où était sa chambre pour qu'elle puisse se mettre en maillot de bain. Elle avait ajouté qu'il fallait faire vite si nous voulions profiter du soleil.

Chloé s'était essuyé la bouche avec sa serviette, puis m'avait suivi sous la véranda, où je lui désignai les trois gouttes rouges sur son débardeur.

Tu saignes ?

Mais non, banane, c'est les cerises, répondit-elle en frottant sa main dessus, inutilement, comme si elle cherchait à retirer les taches.

Dans le couloir, à l'étage, je lui expliquai que la chambre qu'on lui avait attribuée était la dernière sur la droite. C'est de loin la plus grande, ajoutai-je en ouvrant la porte.

Et la plus lumineuse, aurais-je pu compléter, car ma mère avait écarté les lourds rideaux en toile de Jouy, dont les pans étaient maintenus sur les côtés par des embrasses, et avait entrouvert les fenêtres pour aérer, de sorte que les voilages transparents se laissaient langoureusement soulever par le vent.

Les vêtements de ma cousine n'étaient plus sur le lit. À leur place, le gros chat noir de mes grands-parents était étendu de toute sa longueur.

L'apercevant, Chloé se précipita vers lui. L'animal redressa sa lourde tête, encore pesante de sommeil, et la regarda s'asseoir. Dès qu'il sentit la main de ma cousine posée sur son crâne, il ne put s'empêcher de plisser de nouveau les yeux.

Comment il s'appelle ? demanda-t-elle.

Dingo, dis-je en repoussant la porte derrière moi, sans la fermer complètement. Et Mamy ?

Ma cousine fronça les sourcils.

Elle ne comprenait pas.

Ton amie, insistai-je en m'avançant vers elle. Tu ne m'as pas répondu, tout à l'heure. Comment elle s'appelle ?

Oh, éluda-t-elle, elle a un nom imprononçable.

Elle avait l'air de considérer que c'était un détail. D'un ton détaché, elle ajouta que même madame

Renner, leur professeure principale, n'arrivait pas à le retenir.

Ramanalarahona ?

Comme si les vibrations de ces sept syllabes constituaient à elles seules une incantation magique, ma cousine, en les entendant, releva la tête.

Tu la connais ?

Non, dis-je.

Bah, comment tu connais son nom, alors ?

J'étais tout près d'elle, maintenant. À cause de sa position sur le lit, je la regardais de haut.

Elle n'a pas un frère ?

Si, hésita-t-elle, peut-être.

Tu sais qu'il est à Joliot-Curie ?

Elle baissa de nouveau le menton et recommença à caresser le chat, lentement, en lissant le pelage noir et satiné.

Non, répondit-elle après un temps. Je savais pas.

J'avais du mal à interpréter son changement d'attitude. Quelque chose était en train de m'échapper.

Peu farouche, Dingo se mit sur le dos pour offrir son ventre et bâilla avec une sorte d'élasticité, dévoilant ainsi le creux rose et strié de son palais.

Tu entends ? me demanda-t-elle. Il ronronne !

Je posai ma main tout près de la sienne, sur le ventre rebondi de l'animal, et sentis aussitôt d'infimes vibrations sous ma paume. Je ne voulais pas trop m'avancer et préférais me laisser le temps de réfléchir, mais de toute évidence, ma cousine se servait du chat pour faire diversion. Aussi, je ramenai ma main derrière sa tête et l'empoignai au niveau de la nuque, en lui pinçant la peau du cou. Lorsque je le soulevai, Dingo émit un faible miaulement de protestation.

Qu'est-ce que tu fais ? Mais lâche-le !

Chloé considérait le chat suspendu dans le vide, qui ne bougeait plus, médusé, les oreilles tirées en arrière. J'éprouvai, pour ma part, un véritable sentiment de puissance en contemplant ma prise.

D'accord, dis-je.

D'un mouvement du bras, je lançai Dingo, qui retomba lourdement sur le parquet avant de secouer la tête.

Mais pourquoi tu fais ça ?

Il n'a pas le droit de dormir sur le lit. Regarde, il met des poils partout.

Ma cousine constata la présence de quelques poils noirs et très fins là où Dingo avait dormi. Je n'étais encore certain de rien, mais ça changeait tout, pour moi, que Mamy soit la sœur de Tolotra Ramanalarahona.

Je m'approchai de la commode, dont j'ouvris le tiroir supérieur. Les vêtements de ma cousine étaient là, pliés bien comme il faut.

Tes affaires sont ici, dis-je comme si c'était moi qui les y avais mises.

Chloé me remercia sans conviction, les épaules en avant et le dos légèrement voûté. Elle surveillait le chat, qui s'était assis et avait relevé la patte pour se lécher l'intérieur de la cuisse. Je refermai le tiroir et, avisant le ventilateur en plastique sur le marbre de la commode, appuyai sur le premier bouton.

Les pales commencèrent à tourner derrière la grille de protection et la tête ronde de l'appareil pivota lentement vers la gauche, puis se stabilisa avant de repartir dans l'autre sens. Je pressai ensuite chacun des trois autres boutons numérotés, si bien que les ailettes de l'hélice se mirent à tourner de plus en plus vite. Le ventilateur, lui, poursuivait son indolente dénégation. À chaque passage, mon tee-shirt tremblotait, ondulé par le brassage de l'air. Après quelques secondes, je stoppai l'appareil et les pales tournèrent dans le vide, faiblement, puis s'arrêtèrent. Je me penchai alors et tirai sur le fil pour le débrancher.

C'est le mien ! s'exclama Chloé.

Elle avait compris que je comptais l'emporter dans ma chambre et ne voulait pas se laisser faire. Comme elle s'était levée du lit, en me redressant, je la repoussai une première fois, sans force.

Ça va pas, non ? se défendit-elle en se retenant au cadre de lit pour ne pas perdre l'équilibre.

Je la bousculai plus énergiquement. Elle tomba sur le matelas et m'asséna aussitôt un coup de pied dans le tibia.

Elle devait croire que je plaisantais, car, me voyant venir vers elle, elle s'allongea de tout son long et, en riant, essaya de me repousser avec ses pieds, dont la plante, en dessous, était noire de crasse. Je parvins à les esquiver avec le bras et, en représailles, me jetai sur elle et lui saisis la taille, ce qui ne manqua pas de provoquer, chez elle, un ricanement nerveux et convulsif. C'était facile. Elle avait toujours craint les chatouilles.

Arrête ! cria-t-elle.

Je n'arrêtai pas. Au contraire, mes doigts s'agitèrent plus vite et, comme elle se contorsionnait, son débardeur découvrit son ventre. Je laissai mes mains aller et venir, à même la peau, sur ses côtes surtout, si bien que, entre deux gloussements, ma cousine me supplia de nouveau de mettre fin à son supplice. J'aurais pu, à cet instant, lui demander n'importe quoi. Par exemple, si elle avait parlé de l'accident de mon père à sa camarade. Si c'était à cause d'elle que je m'étais battu avec Tolotra Ramanalarahona. Au lieu de quoi, profitant d'être sur elle et la sentant à ma merci, je tentai une remontée vers le dessous de ses bras.

C'était ce qu'elle redoutait le plus. Lorsque j'atteignis la moiteur de ses aisselles, elle se crispa davantage et resserra les coudes, se tortillant de plus belle en faisant d'amples mouvements avec ses jambes, levant les genoux et battant des pieds.

Arrête ! hurla-t-elle. Arrête !

Je me collai contre elle pour l'empêcher de se débattre, attiré par la fougue fiévreuse qui se dégageait de ce corps hilare. J'avais envie de jouir, quelques secondes encore, de ce sentiment de domination.

Quentin ! Qu'est-ce que vous faites ?

Je retirai mes mains et m'écartai de ma cousine, qui, comme moi, s'immobilisa sur le lit. Nous écoutâmes tous les deux le silence qui avait suivi les mots de ma mère.

Quentin ?

Une chaleur anormale envahissait mes joues. À cause de l'afflux du sang qui palpitait en cognant contre mes tempes, je n'osais me relever.

Quentin ! répéta-t-elle plus sèchement.

À l'oreille, j'avais évalué qu'elle était en bas, sur l'une des premières marches de l'escalier. Le front luisant, j'hésitai à lui répondre.

Qu'est-ce que vous faites ?

Le chat, comme si c'était lui qu'on appelait, se glissa dans l'entrebâillement de la porte et disparut dans le couloir.

Rien, dis-je, on s'amuse !

Je craignais qu'elle ne monte.

Venez vous baigner, insista ma mère, il fait beau.

On arrive ! dis-je.

Malgré ma précaution en me levant, les ressorts du sommier grincèrent. Je regardai ma cousine, dont le visage, rosi par la lutte, semblait déconcerté par l'impétuosité avec laquelle je m'étais jeté sur elle. Elle recula sur le lit, prudemment, et s'empara du lapin posé entre les deux oreillers, puis serra contre sa poitrine cette peluche sale, dont l'odeur de nuit, de larmes et de bave devait la rassurer.

Honteux, j'avais refermé la porte de la salle de bains, sans bien comprendre ce qui venait de se passer. Je m'étais avancé jusqu'au lavabo et, avant de me déshabiller, demeurai sans bouger devant le miroir.

On eût dit que c'était un autre qui était face à moi. Les boutons qui gravelaient mon front et mes joues formaient, par endroits, de petites vésicules rosâtres aux extrémités laiteuses, qui donnaient à mon visage l'aspect d'un fruit exotique. Des poils sombres et duveteux avaient poussé au-dessus de ma lèvre supérieure, dessinant à grands traits les prémices d'une moustache. Même mes cheveux avaient changé de texture. Ils s'étaient épaissis et ondoyaient à présent en un lainage terne, impossible à coiffer.

Je ne me reconnaissais plus.

C'était à cause de cette métamorphose que j'avais essuyé les premières moqueries au début de l'année.

La bête ! avait dit, un matin, un de mes camarades en me voyant arriver dans la cour. La bête, avait-il répété avec délectation dans les couloirs, puis il avait grimacé en accompagnant ce surnom de cris d'animaux et d'onomatopées. Les jours suivants, d'autres l'avaient imité. Parmi eux, Tolotra Ramanalarahona n'avait pas été le dernier. Lui semblait même considérer mon acné comme une malformation dont il devait se prémunir en me repoussant comme on repousse le mauvais sort. La bête ! avait-il soufflé à son tour, chaque matin durant des mois, et, par un brusque mouvement des épaules, il feignait chaque fois de se jeter sur moi en s'amusant de me voir reculer.

Je détournai la tête. Je venais d'entendre des pas dans l'escalier. Quelqu'un était en train de monter. C'était peut-être ma mère qui venait vérifier ce que nous faisions. Ébranlé, je cessai de respirer pour ne pas faire de bruit.

Je tendis l'oreille.

Au bout d'un moment, les pas s'arrêtèrent dans le couloir. Personne ne parlait et je compris que ce n'était sans doute que mon grand-père qui venait faire sa sieste. Je me défiai alors une dernière fois du regard dans le miroir, en songeant que mes camarades avaient raison. J'étais en train de devenir un monstre.

III

Vêtu de mon short de bain aux motifs vaguement hawaïens, ma serviette de plage rejetée sur l'épaule, j'ouvris le portillon et descendis les marches qui menaient à la piscine. Ma grand-mère était déjà dans l'eau. Les coudes levés, elle progressait lentement là où elle avait pied, cherchant autour d'elle des feuilles ou des impuretés à enlever à la surface. Ma mère, elle, était assise sur un transat, dans son maillot rouge. Je voulus poser ma serviette loin d'elle, sur le muret de pierres sèches, mais, dès qu'elle me vit, elle me fit signe d'approcher.

Abandonnant ma serviette, je me dirigeai vers elle, pieds nus sur les dalles chaudes.

Qu'est-ce que vous faisiez ? me demanda-t-elle.

Je m'arrêtai devant le transat et, pour me protéger du soleil, plaçai ma main sur mon front.

Rien, dis-je. Je me changeais, c'est tout.

Elle renversa le tube de crème solaire qu'elle tenait et, d'une pression sur le corps, fit sortir une noisette blanche qui lui tomba dans le creux de la main.

Tu en as mis, du temps, me relança-t-elle tout en commençant à enduire son front de crème, avant de passer sa paume sur sa joue, puis sur son menton. Et Chloé, où est-elle ?

Elle se massa avec application la nuque et le cou.

Je ne sais pas, répondis-je. Elle se change, elle aussi.

Elle s'arrêta et leva le doigt. Tu ne l'embêtes pas, c'est compris ?

Brusqué, je tournai la tête pour vérifier si ma grand-mère nous écoutait. Quentin, je te parle. Tu n'embêtes pas ta cousine, tu m'entends ?

Cette fois, elle avait parlé d'une voix plus feutrée. Le visage à moitié lustré, elle attendait une réponse.

Bah non, rétorquai-je. Pourquoi je l'embêterais ?

Ne me parle pas sur ce ton, protesta-t-elle.

Elle se graissa de nouveau les joues en faisant de grands mouvements circulaires, puis se pinça le lobe des oreilles, avant de se frictionner énergiquement l'avant-bras. En plus, c'est idiot, reprit-elle, il n'y a plus de soleil.

Elle avait raison. Tout venait de s'assombrir autour de la piscine. Je levai la tête et vis l'amas de longs nuages blancs qui stagnaient au-dessus de nous. De toute façon, je n'ai pas envie de me baigner, dis-je pour la contrarier.

Je m'assis à côté d'elle, sur le transat voisin, et repensai à la plante que nous avions achetée. Ma mère semblait avoir oublié que nous devions encore nous rendre au cimetière.

Tiens, mets de la crème.

Je refusai, puis guettai le portillon. Je commençais à me demander ce que faisait Chloé et m'en voulais de ne pas lui avoir dit que c'était avec le frère de Mamy Ramanalarahona que je m'étais battu.

Je regardai mes pieds et examinai en détail les ongles incurvés de mes orteils. Une guêpe se mit à rôder autour. Je me levai d'un bond et m'éloignai du transat.

Attirée par le mouvement, la guêpe me suivit. Elle dessina des lignes brisées, puis tourna autour de mes jambes, comme si, par ces zigzags, elle cherchait par quel endroit m'attaquer. Je fis un brusque pas de côté pour l'esquiver.

Laisse-la tranquille, me conseilla ma mère.

Elle s'était redressée et observait ce que je faisais.

Si tu ne l'embêtes pas, elle ne fera pas attention à toi !

Je ne la voyais plus. Un son vibré, pourtant, indiquait sa présence tout près de mon oreille. J'agitai les mains autour de ma tête pour la chasser. Si tu l'énerves, elle va finir par te piquer !

Je courus vers le muret pour récupérer ma serviette. L'ayant entortillée en une longue tresse, je la fis tournoyer en lasso au-dessus de moi. Cette agitation fit rire ma grand-mère, qui s'était accoudée à la margelle.

Quel cirque ! commenta ma mère. Tu devrais plutôt venir mettre de la crème !

J'attendis, la serviette à la main, le torse nu, suant. Cette fois, le bruit avait disparu. La guêpe était partie.

Au même instant, le portillon s'ouvrit. Chloé surgit et dévala l'escalier en courant.

Elle ne s'était pas changée.

Le visage fermé, elle passa devant moi tout habillée et se dirigea vers ma mère.

J'étais trop loin. Je n'entendais pas ce qu'elles se disaient.

Ma cousine ôta finalement son débardeur et retira sa jupe légèrement froissée. Elle portait son maillot de bain en dessous.

Elle se précipita vers le bassin à pas pressés, descendit les marches et, sans attendre, nagea en brasse. Elle prit ensuite appui sur le rebord et, d'une main, se pinça le nez, inspira en ouvrant grand la bouche, disparut.

Ma grand-mère la regarda passer sous l'eau.

Lorsqu'elle ressortit la tête, Chloé écarta ses longs cheveux noirs plaqués contre sa figure. J'avais envie de me baigner, moi aussi, mais depuis qu'elle nous avait rejoints, ma cousine ne m'avait pas adressé un regard.

Je me rassis sur le muret.

Elle se mit à effectuer une série de roulades arrière, pour bien me faire comprendre qu'elle s'occupait seule et n'avait besoin de personne pour s'amuser. Elle voulait juste qu'on la laisse tranquille.

Cinq minutes plus tard, elle sortit du bassin à la force de ses bras, courut en direction d'un matelas gonflable abandonné sur l'herbe, le souleva et revint le lancer dans la piscine. Elle le regarda flotter quelques secondes, puis, ayant écarté les bras, sauta dessus d'un bond, glissa et bascula.

Dans l'eau, elle tenta de nouveau de monter sur le matelas, dont le plastique couina sous l'assaut. Au moment où elle parvint enfin à grimper dessus, je ressentis un grand vide à l'idée que c'était elle qui avait parlé de l'accident de mon père à sa copine. Si Mamy Ramanalarahona avait tout répété à son frère, c'était à cause d'elle. Et donc, c'était à cause d'elle que, dans quelques jours, j'allais être renvoyé de Joliot-Curie.

Étendu sur le transat, j'avais fini par fermer les yeux. Le soleil était revenu et traversait la peau de mes paupières en les inondant d'une lumière rouge orangé. Le visage suant de crème, je ne savais plus depuis combien de temps je m'étais assoupi. Tout s'était comme affaissé en moi et, pour la première fois depuis le début du week-end, j'étais bien. Je m'apprêtais même à m'endormir pour de bon, lorsque je perçus une présence au niveau de mes pieds, puis l'ombre d'une silhouette. J'ouvris les yeux et redressai la nuque.

Chloé se tenait debout entre ma mère et moi, perlée de gouttelettes, les bras croisés sur la poitrine et le ventre légèrement vers l'avant.

Tu ne te baignes plus ? s'étonna ma mère.

Ma cousine hocha la tête pour dire non.

Je n'ai rien pour me sécher, expliqua-t-elle.

Elle se mit à agiter les jambes pour montrer qu'elle avait froid.

Attends, lui dit ma mère. Elle se souleva, afin de retirer la serviette sur laquelle elle était assise. Chloé la remercia et s'enveloppa avec, s'épongea la figure, puis s'assit sur le bord du transat. Ma mère se décala. Sèche-toi bien, lui dit-elle en lui frictionnant le dos.

Chloé se voûta et resserra les épaules, légèrement tremblante. Elle semblait songeuse, envahie d'une vague mélancolie. Ma mère s'en aperçut.

Est-ce que tu veux qu'on téléphone à ta maman ? murmura-t-elle comme si elle lui faisait une confidence.

Ma cousine répondit que ses parents avaient dit que c'étaient eux qui appelleraient, puis, se penchant davantage, elle se mit à compter ses doigts de pied en les pinçant un à un. Sa serviette glissa dans son dos et dévoila les petits osselets ronds qui bosselaient sa colonne vertébrale.

Ça ne va pas ? insista ma mère.

Si, répondit ma cousine d'une voix lasse.

Je me demandai si c'était à cause de moi qu'elle affichait cette mine triste. Si elle voulait me montrer qu'elle m'en voulait de ce qui s'était passé dans la chambre – ou si c'était tout simplement une feinte pour m'éviter et ne pas avoir à répondre aux questions que je voulais lui poser.

Tu t'ennuies ? s'inquiéta ma mère.

Non, ça va, répondit-elle.

Je faisais semblant de ne pas les écouter. Je regardais ailleurs. Mon grand-père était revenu et s'était assis plus loin, sur un fauteuil de jardin. Sa chemisette était entrouverte sur les poils blancs et bouclés qui s'emmêlaient sur son torse. Son chapeau sur la tête, il affichait cet air de satisfaction béate qu'il avait parfois quand il sortait de sa sieste.

Est-ce que tu veux aller te promener ? tenta ma mère.

Ma cousine fit non de la tête.

Elle n'avait pas dû comprendre ma réaction, tout à l'heure, et avait peut-être été choquée par mon engouement à me jeter sur elle. Elle avait raison. Si j'étais honnête, il y avait eu quelque chose d'anormal dans ma façon de me coller contre elle.

J'avais honte.

J'espérais qu'elle n'allait rien raconter.

Ma grand-mère sortit à son tour du bassin. Après avoir récupéré sa serviette sur le dossier d'une chaise, elle s'avança vers nous.

Pourquoi ils n'iraient pas voir le cheval ? proposa-t-elle.

Chloé se redressa.

Il y a un cheval ?

Oui, ça te plairait d'aller le voir ?

Ma cousine, cette fois, acquiesça sans hésiter,

oubliant d'un coup toute sa tristesse. Ma mère sourit, attendrie et soulagée de pouvoir enfin faire plaisir à sa nièce. Elle se tourna vers moi et m'interrogea du regard. Chloé s'ennuie, me dit-elle, pourquoi tu n'irais pas lui montrer le cheval ?

Quel cheval ?

Eh bien, le cheval de la ferme, répondit-elle.

C'est loin, soupirai-je.

Ma mère souffla.

Quentin, tu pourrais faire un effort, me sermonna-t-elle. Vous n'avez qu'à prendre les vélos, ça vous fera une promenade.

Bon, si elle veut, dis-je.

Chloé ne réagit pas tout de suite. Elle ne s'attendait visiblement pas à ce que ce soit moi qui l'accompagne.

Qu'est-ce que tu en penses ? lui demanda ma mère.

Sentant mon regard posé sur elle, ma cousine haussa les épaules pour faire croire que ça lui était égal.

D'accord, se résigna-t-elle en se voûtant de nouveau.

Elle suivit alors avec son doigt le parcours erratique de deux gendarmes, dont les carapaces plates et orangées, piquetées de points noirs, allaient et venaient de manière incohérente sur la dalle, tournant en rond et se poursuivant à tour de rôle avec une véhémence ridicule. De temps en temps, les bêtes s'arrêtaient et leurs fines antennes, au bout de leur tête, fouillaient le vide, en éclaireuses, à la recherche d'un obstacle.

Drapée de son paréo, ma mère nous avait accompagnés à l'intérieur de la maison. Ses vêtements à la main, Chloé était montée la première et je l'avais suivie sans un mot dans l'escalier. Parvenus à l'étage, nous nous étions séparés en nous enfermant chacun dans notre chambre pour nous changer. Lorsque je redescendis, elle n'était pas encore là et je dus l'attendre avec ma mère en bas des marches. Elle ne tarda pas à reparaître, vêtue de son legging noir et de son sweat à capuche qu'humidifiaient, au niveau des épaules, ses longs cheveux mouillés.

Elle passa devant nous sans rien dire et s'éloigna en direction de la véranda, puis revint avec ses vieilles Adidas à la main et ses chaussettes, qu'elle enfila rapidement, avant de poser un genou au sol pour renouer ses lacets.

Vous faites attention sur la route, nous recommanda ma mère.

J'acquiesçai. Chloé se releva et retira de son poignet un élastique, qu'elle pinça entre ses lèvres pour se libérer les mains, le temps de se coiffer en arrière, puis, avec, attacha ses cheveux en une volumineuse queue de cheval qui dégageait le pavillon de ses grandes oreilles décollées. C'est bon, dit-elle, je suis prête.

Ma mère sortit la première et, une fois dehors, resserra dans son cou le nœud de son paréo. Celui-ci flottait à la manière d'un drapeau, en claquant sur ses cuisses. J'espère que vous n'allez pas avoir la pluie, s'inquiéta-t-elle.

Le vent s'était renforcé. Il était chaud et rendait l'atmosphère légèrement électrique.

À vélo, ce n'est pas très loin, dis-je pour la rassurer.

À cet instant, un volet de l'étage grinça, puis se rabattit brusquement en cognant contre la façade.

Une odeur humide de terre battue se faisait sentir à mesure que nous approchions de la grange. Je me faufilai rapidement le long d'une remorque inclinée et pris, dans le fond, le premier vélo qui reposait en appui sur les autres, le manœuvrai délicatement, puis le fis rouler jusqu'à Chloé. Elle posa les mains sur chacune des poignées avant de l'enfourcher. C'était un modèle de ville, avec un panier à l'avant. Il était grand pour elle. Ses pieds, lorsqu'elle s'assit, touchèrent à peine le sol.

Tu ne veux pas qu'on baisse la selle ? proposa ma mère.

Non, non, ça va, répondit Chloé.

Elle commença à pédaler et fit aussitôt quelques embardées dans l'allée.

Je retournai sous la grange et choisis, pour moi, un VTT bleu roi. Je demandai pardon à ma mère, pour qu'elle s'écarte, et me mis en selle.

Vous faites attention, répéta-t-elle. Je te fais confiance, précisa-t-elle en haussant la voix. Et rentrez avant la pluie ! cria-t-elle au moment où, dépassant Chloé, je franchissais le portail.

Le chien des voisins, en m'entendant, s'agita dans le feuillage. Tout en roulant, je voyais sa silhouette noire et élancée, de l'autre côté du treillage métallique, ses muscles saillants. Il courait vite. Dès qu'il le put, il se précipita avec force sur la clôture en bois et, le museau froncé, aboya avec férocité, en montrant les dents, bondissant sur ses pattes arrière, impuissant. Comme je continuais à avancer, il repartit en courant avec énergie le long du grillage, mais, arrivé au bout du terrain, il fut contraint de s'arrêter brusquement. Le torse dressé, satisfait du travail accompli, il me regarda m'éloigner.

Il n'y avait personne dans Vesles-la-Forêt. Quelques véhicules étaient stationnés devant les maisons, le long des trottoirs, mais les rues étaient désertes. Pourtant, à l'approche de chaque intersection, ma cousine ralentissait et j'entendais, derrière moi, les freins de sa bicyclette qui produisaient un couinement strident et métallique. Sur la place, je passai devant le café des Sports et fis le tour du terre-plein, au milieu duquel se dressait le monument aux morts. Tenant le guidon d'une main, je me tournai pour voir si Chloé suivait, mais elle était encore au niveau de la pharmacie.

Attends-moi ! cria-t-elle.

Feignant de ne pas l'avoir entendue, j'accélérai et, passé l'église, jouai avec les vitesses du VTT en prévision de l'élévation de la route. Cela ne suffit pas. Je dus bientôt me dresser en danseuse dans la côte. J'étais content. Même dans l'effort, je respirais mieux, loin de ma mère.

Dans la descente, en revanche, je me laissai aller en roue libre, avec cette sensation de fluidité et d'aisance que procure la vélocité. Lorsque je parvins tout en bas de la côte, je bifurquai sur la gauche et m'engageai sur une bande de terre qui menait à la forêt. Le chemin était accidenté de pierres et de boue séchée, de sorte que mes fesses se mirent à rebondir sur la selle et mes bras à vibrer.

Tout au bout du champ, à l'orée de la forêt, j'attendis ma cousine, qui était descendue de vélo et le poussait à côté d'elle. Lorsqu'elle m'eut rejoint, j'entrai dans le sous-bois et marchai en tête. Le chemin se resserra bientôt en une simple sente bordée, sur la gauche, d'un ruisseau dont la rive était couverte de laîches et d'orties ramassées en touffes. L'eau était claire et, par transparence, on pouvait voir dans le fond le lit légèrement envasé. Quand nous venions nous promener ici, autrefois, avec mes cousins, nous ne croisions jamais personne. Pas le moindre randonneur.

Nous serions tranquilles.

On y est presque, dis-je.

Chloé, derrière moi, ne répondit pas. J'entendais le craquement des brindilles, qui se brisaient sous les roues des vélos. À cause de l'humus brun et de la mousse qui, çà et là, verdissait la roche, il faisait frais dans le bois.

Après plusieurs mètres, je m'arrêtai et abandonnai le VTT contre un arbre, puis m'avançai jusqu'à la berge, où un tronc couché faisait office de pont. En trois enjambées, j'atteignis l'autre rive.

Chloé, comme moi, avait déposé sa bicyclette et s'était approchée du tronc. Elle y plaça un pied prudent et écarta les bras pour se donner de l'équilibre.

C'est stable ?

En guise de réponse, je lui tendis la main. Elle s'en saisit et se laissa attirer rapidement.

Nous nous remîmes en marche, en nous éloignant des vélos. Il n'y avait plus vraiment de sentier, à présent, nous sinuions au hasard, entre les arbres, laissant les feuilles mortes se déplacer sous nos pas dans un bruit de froissement.

C'est encore loin ?

Chloé avait l'air de se demander où je l'avais emmenée.

Non, dis-je. C'est un peu plus bas.

Je me repérais en partie grâce à mes souvenirs. Je ne savais pas très bien où on était, pour dire la vérité. Ce qui était sûr, c'était que je n'avais pas pris le chemin le plus court.

Bientôt, le sous-bois céda la place à quelques buissons et s'ouvrit sur un terrain déclinant que nous descendîmes en foulant les fougères. Je ne m'étais pas trompé. Arrivés tout en bas, nous marchâmes quelques mètres au milieu d'herbes hautes, jusqu'aux fils de fer barbelés qui reliaient des piquets entre eux.

En nous entendant, le cheval, au loin, redressa le cou et nous observa longuement, les oreilles à l'affût. Au bout d'un moment, voyant qu'il ne se passait rien, il recommença à chercher de la verdure devant lui, en flairant la terre.

Chloé s'avança et essaya d'attirer son attention en claquant sa langue contre son palais. Le cheval n'y prêta d'abord pas attention, puis finit tout de même par se déplacer, venant vers nous d'une démarche pesante et résignée, en laissant ses sabots cogner contre le sol. À plusieurs reprises, il remua le cou pour éloigner les mouches qui l'escortaient. Lorsque je le vis arriver devant l'enclos, je reculai, intimidé par la force et la robustesse qui se dégageait de cette tête musculeuse. Sa frange bien droite et ses longs cils donnaient à son regard un je-ne-sais-quoi de très humain, une lassitude un peu triste peut-être, qu'accentuait la présence des mouches qui bourdonnaient et se collaient sur ses yeux noirs. Il n'essayait même plus de les chasser.

Chloé tendit le bras et le cheval crut qu'elle voulait lui donner quelque chose. Quand il comprit qu'elle n'avait rien, il se tourna vers moi. Je sentis son souffle chaud et ses narines suintantes qui s'élargissaient sur ma paume. Je le laissai inspecter ma main, qui ne contenait rien non plus, après quoi, d'un geste très lent pour ne pas l'effrayer, je le caressai en massant d'abord sa joue très large, puis, entre ses yeux, le poil ras de son front plat. J'étais étonné de sa docilité. Quand nous étions plus jeunes, nous venions souvent avec mes cousins lui lancer des mottes de terre ou des pierres, et nous riions, chaque fois, de le voir détaler.

J'ai reçu une goutte, m'informa Chloé en levant la tête.

Au loin, les cimes des arbres s'étaient mises à osciller dans un doux mouvement ondulatoire. Le ciel était devenu bas et laiteux. Le vent transportait maintenant avec lui une odeur froide d'humidité.

Il faut qu'on rentre, ajouta-t-elle.

Je ne répondis pas tout de suite, comme si je me laissais moi-même envoûter par les tendresses que je prodiguais au cheval, par son calme, aussi, son indifférence.

Elle insista.

J'ai froid, dit-elle. Est-ce qu'on peut rentrer ?

Depuis la sixième, tout le monde à Joliot-Curie savait que mon père était mort, mais la plupart ignoraient que c'était dans un accident de la route.

En tout cas, personne, jusque-là, n'était au courant que sa voiture avait été retrouvée écrasée contre un arbre.

Je cessai de caresser l'animal et me tournai vers ma cousine.

Rentre, toi, si tu veux.

Elle haussa les sourcils.

Je ne sais pas par où il faut aller, argua-t-elle. Quoi ? Pourquoi tu me regardes comme ça ? Arrête ! Mais lâche-moi ! Aïe ! Tu me fais mal !

Elle avait trébuché. Étendue dans l'herbe, elle essayait de toutes ses forces de me tenir à distance. Cette fois, elle ne riait pas. Il n'y avait plus rien de ludique dans sa façon de me repousser. Elle se mordillait la lèvre inférieure pour se donner de la force, mais j'étais plus grand et trop lourd, elle ne pouvait pas se libérer.

Arrête ! cria-t-elle.

Je lui saisis les avant-bras et serrai ses poignets. Elle essaya de se dégager d'un haussement du bassin et je fus surpris par sa vigueur. Pour ne pas me laisser désarçonner, je me courbai, approchant mon visage du sien. Elle détourna aussitôt la tête et ferma les yeux. J'étais près de son cou et percevais l'odeur à la fois aigrelette et sucrée que le soleil avait laissée sur sa peau. Ma bouche était à quelques centimètres de son oreille, mais je ne savais pas encore comment tourner ma phrase. En attendant, je laissai échapper un grognement.

Tu m'étouffes ! hurla-t-elle.

Elle essaya de se déplacer sous mon ventre et gigota dans de vaines contorsions. Je sentis ses jambes remuer entre les miennes. Me redressant, je pris sa mâchoire dans l'étau de ma main.

Tu parles trop, dis-je.

À part le cheval, dont je sentais la présence muette derrière la clôture, il n'y avait plus qu'elle et moi. Cette fois, personne ne viendrait nous déranger.

Regarde-moi ! lui ordonnai-je en orientant son menton.

Elle m'obéit. Sans réfléchir, à califourchon sur elle, je lui expliquai que c'était avec le frère de Mamy que je m'étais battu. Mamy Ramanalarahona, précisai-je pour que les choses soient claires.

Elle ne répondit pas, mais continua de me fixer du regard. Je ne savais pas si c'était ce que je venais de dire ou ma colère qui l'effrayait le plus.

Tu sais ce qu'il a dit ?

Elle fit non de la tête.

Tu es sûre ?

Mes doigts, en s'enfonçant dans le gras de ses joues, lui déformèrent le visage.

Il a dit que mon père avait foncé dans un arbre, hurlai-je. Dans un arbre, répétai-je pour bien lui faire comprendre qu'on ne pouvait pas imaginer tout seul un détail pareil.

À cause de ma main, elle ne pouvait pas parler. Je finis par la retirer.

C'est pas moi, s'empressa-t-elle de répondre, je n'ai rien inventé !

La clairière s'assombrit tout à coup. Les arbres se tordaient en laissant leurs branches s'animer comme des jambes dans le vide. On entendit le tonnerre gronder et le cheval s'éloigna brusquement. Je levai la tête et vis le nuage noir qui s'avançait vers nous. Une goutte tomba sur mon front. Bientôt, l'herbe se mit à trembler dans une sorte de crépitement.

Je n'ai rien inventé, répéta Chloé d'une voix plaintive.

Je n'étais pas certain de comprendre le sens de sa phrase et lui agrippai le cou pour qu'elle s'explique.

Je ne pensais pas que Mamy le dirait à son frère !

D'instinct, je pressentais le danger qu'il y avait à lui arracher les mots de la bouche. Mais c'était trop tard.

Lui dirait quoi ? rétorquai-je.

Elle répéta qu'elle n'y pouvait rien. Elle avait entendu sa mère et la mienne parler de ça, un soir.

Je serrai davantage les doigts.

Ça quoi ?

De la lettre, s'étrangla-t-elle.

Elle m'observa, craintive, guettant une nouvelle réaction de ma part. Je relâchai brusquement ma prise.

La lettre ?

Je ne comprenais plus.

Quelle lettre ?

Son visage se figea soudain dans une grimace grotesque. Elle hoqueta et ses larmes se mêlèrent aux gouttes de pluie qui s'écrasaient en rebondissant sur ses joues.

Ton père, gémit-elle, je crois qu'il a écrit une lettre.

Elle renifla. Une substance visqueuse lui coulait des narines.

Je ne pensais pas que Mamy le dirait à son frère, je te jure !

Le vent soufflait en sifflant violemment. La pluie s'était épaissie, tombant de biais. Tout était devenu dense, opaque. C'était un véritable déluge, une vraie tempête qui s'abattait sur nous. Mon père avait écrit une lettre. Sous l'orage, je me répétais cette information, je la répétais en boucle dans ma tête, mais elle demeurait abstraite pour l'instant. Et il me faudrait du temps pour accepter l'idée que, si mon père avait écrit une lettre, son accident n'était pas un accident.

Le roulement du tonnerre redoubla, sonore et coléreux, puis un éclair zébra le ciel à l'instant où nous franchissions le portail. Nous étions descendus de nos vélos, Chloé et moi, et courions sous la pluie en direction de la grange. Nous les rangeâmes n'importe comment sous l'abri, en les posant contre la remorque, puis nous dirigeâmes en hâte vers la silhouette du corps de ferme qui se devinait dans la grisaille. Les graviers de l'allée crissaient sous nos semelles et la pelouse était inondée. Partout, l'eau ruisselait et débordait en cascade des gouttières. Nous étions tout près de la maison maintenant, lorsque la porte s'ouvrit.

Vous êtes complètement fous ! s'écria ma mère. Vous avez vu dans quel état vous êtes ?

Elle s'écarta pour nous laisser entrer.

À l'intérieur, je mesurai mieux à quel point nous

étions trempés. Mon tee-shirt collait contre ma poitrine, comme une seconde peau flasque et élastique, et une fausse sueur me glissait le long des tempes. J'étais essoufflé, mais rassuré d'être arrivé.

Je sentis une présence à mes pieds. C'était le chat. Il s'approcha prudemment et, s'arrêtant sur le seuil, huma l'air frais du dehors.

Vous êtes fous, répéta ma mère en refermant la porte.

Pourquoi vous rentrez si tard ?

J'ai déraillé, dis-je.

Ma grand-mère arriva avec des serviettes éponge et m'en tendit une. Retirez vos chaussures, vous allez mettre de l'eau partout. Je lui obéis et en profitai pour ôter aussi mes chaussettes, qui étaient toutes gorgées d'eau.

Ma mère recouvrit la tête de Chloé et lui frictionna les cheveux. Vous auriez quand même pu rentrer plus tôt, s'obstina-t-elle.

Sous la serviette, ma cousine se laissait faire. Quand elle eut terminé, ma mère lui demanda de lever les bras et l'aida à enlever son sweat.

Aïe, dit Chloé.

Qu'est-ce qu'il y a ?

Ma cousine tendit le bras. Elle saignait au niveau du coude. Ma mère lui prit le poignet pour mieux voir la blessure. Le sang était très rouge sur son avant-bras, légèrement visqueux. Qu'est-ce qui t'est arrivé ?

Chloé expliqua qu'elle était tombée de vélo.

Ça te fait mal ?

Un peu.

C'est superficiel, dit ma mère pour la rassurer.

Sans relâcher son poignet, elle demanda à ma grand-mère si elle avait de quoi désinfecter.

Je vais voir.

En attendant, ma mère se pencha pour inspecter les jambes de ma cousine, mais ne put constater que des traces de boue fraîche sur son legging noir.

Viens, lui dit-elle.

Elle la guida vers la véranda. Ma serviette à la main, je demeurai dans le vestibule, debout, les pieds nus. J'attendis avant de les rejoindre.

Comment tu as fait pour tomber ? la relança ma mère. Je t'avais dit que la selle était trop haute, ajouta-t-elle tout en l'aidant à s'asseoir sur une chaise.

Je ne sais pas, répondit Chloé, j'ai glissé.

Tu parles, Charles ! s'écria le perroquet en me voyant passer devant lui.

Il écarta les ailes comme s'il cherchait à s'envoler. Agacé par l'orage, il s'excitait tout seul derrière les barreaux de la cage.

À table, Charles, à table !

Ma mère lui demanda de se calmer. Charles se tut

et on entendit le bruit des gouttes grêler le toit de verre de la véranda. Il se balança ensuite, de gauche à droite.

Tu parles, Charles, recommença-t-il. *Ténooor !*

Il prononçait « ténor » d'une façon telle que, plus jeune, je croyais qu'il disait « du nord » et entendais parfois « tu mords » ou « t'es mort ».

Ma mère se tourna de nouveau vers lui.

Silence ! lui ordonna-t-elle.

Science, répéta Charles.

Il mordilla le bois de son perchoir pour passer sa colère, puis s'approcha de son auge en acier et commença à en becqueter le contenu, s'y prenant à plusieurs fois, renversant toujours plus de graines et de baies qu'il n'en avalait. Chloé, assise sur sa chaise, le regardait manger elle aussi.

J'ai trouvé ça, dit ma grand-mère en revenant. Elle tenait une bombe d'antiseptique à la main. Ma mère la lui prit et l'agita vivement. Ça va un peu piquer, prévint-elle.

C'est pas grave, répondit Chloé, qui se crispa aussitôt. Aïe !

C'est bientôt fini, l'encouragea ma mère. Elle s'empara de la compresse que ma grand-mère lui tendait, lui tamponna délicatement le coude et souffla sur la plaie. Voilà, c'est terminé.

Ma grand-mère attendit que ça sèche avant

d'appliquer le pansement. Ma mère, alors, se redressa et, étonnée de me voir encore là, me demanda ce que j'attendais pour aller me changer.

Rien, dis-je.

À présent que je savais qu'elle m'avait menti durant toutes ces années, elle ne me faisait plus peur. Face à elle, je me sentais même protégé par une forme d'immunité.

IV

Lorsque je redescendis dans le salon, en début de soirée, la nuit était en train de tomber. Les vitres déjà sombres des fenêtres reflétaient, feutrée, la lumière du plafonnier. On ne voyait plus la pluie, on l'entendait seulement, douce et régulière.

Ma mère et ma grand-mère étaient assises dans le canapé, devant la table basse, et regardaient ensemble un album de photos. À cheval sur l'accoudoir, Chloé s'y intéressait, elle aussi.

Et là ? demanda-t-elle.

Sur celle-ci, il devait avoir quinze ou seize ans, calcula ma grand-mère. C'était sur l'île Tioman. Tiens, approche, dit-elle en me voyant.

Je m'avançai.

Regarde comme vous vous ressemblez.

Elle pointait, avec son doigt, la silhouette d'un adolescent athlétique, en short de bain sur une plage.

À part les yeux, d'un beau bleu d'eau un peu froid, ce garçon au torse nu ne me ressemblait pas. Il ne ressemblait pas non plus à mon père, du reste, non, c'était un être hybride, un croisement entre lui et moi, qui me mettait mal à l'aise.

Je sentis que ma grand-mère attendait une réaction de ma part, mais je ne savais pas quoi dire.

Chloé tourna la tête. Mon grand-père venait d'entrer dans le salon et s'approcha. Lorsqu'il comprit ce que nous faisions, il demeura devant nous sans bouger. Ses paupières devinrent rouges et se mirent à suinter comme une plaie. Il ferma les yeux, comme s'il méditait. C'était trop douloureux, pour lui. Il n'aimait pas ressasser le passé.

Au bout d'un moment, il s'éloigna sans rien dire, le dos légèrement voûté.

D'un ton offusqué, ma grand-mère objecta que c'était important de continuer de parler de mon père. Elle leva le doigt, comme elle le faisait quand elle avait quelque chose d'important à dire.

Il nous voit ! déclara-t-elle. Je le sais.

Je repensai à la nuit qui avait précédé l'accident. À mon père qui était entré dans ma chambre, sans un mot. Je comprenais à présent qu'il était peut-être venu me dire au revoir.

Ma grand-mère tourna la page et recommença à observer les photos de l'album. J'aurais donné cher pour savoir si elle aussi était au courant que mon père avait écrit une lettre.

Et là, c'est qui ? demanda Chloé.

Là ? C'est Quentin. Tu ne le reconnais pas ? Il devait avoir sept ou huit ans.

Je penchai la tête. J'étais avec mes cousins, assis au pied d'un sapin de Noël orné de figurines et de guirlandes argentées. Je me souvenais assez bien de cet instant. C'était quelques mois seulement avant l'accident.

Il a changé, n'est-ce pas ?

Ma grand-mère avait prononcé cette phrase sans méchanceté, mais c'était vrai. J'étais beau, à cette époque, avec mes longs cheveux blonds et soyeux. Tolotra Ramanalarahona avait vraiment raconté n'importe quoi dans le vestiaire du gymnase. Ce n'était pas parce qu'il me trouvait trop laid que mon père avait foncé dans un arbre.

À la fin du dîner, mon grand-père porta sa serviette à la bouche, avant de réprimer un renvoi. Eh bien, dit-il, visiblement étonné de cette digestion ratée. À sa droite, le coude posé sur la table et la joue en appui sur son poing fermé, ma cousine semblait exténuée. Au fil de la soirée, sa figure avait pris une expression maussade. Elle n'avait pas écouté ce qui s'était dit durant le repas et, affalée, regardait maintenant le vide, songeuse. Au bout d'un moment, ses paupières s'abaissèrent toutes seules, alourdies par la fatigue. Elle se frotta les yeux.

Toi, tu vas bientôt aller te coucher, plaisanta ma grand-mère en se levant de sa chaise pour débarrasser. Ma mère se leva, elle aussi, pour l'aider. Dès qu'elles se furent éloignées, j'observai de nouveau ma cousine et cherchai à capter son regard. Je lui en voulais. Dans la forêt, en repartant, je lui avais fait promettre de tenir sa langue. Sous la menace, elle m'avait juré qu'elle ne dirait rien à personne, mais, à présent, je craignais que son comportement ne finisse par alerter ma mère. J'hésitai à lui donner un discret coup de pied sous la table, pour qu'elle se redresse, mais, soudain, tout devint noir dans le salon.

Que se passe-t-il ? Geneviève ! s'affola mon grand-père.

Une forme se dessina derrière lui dans l'obscurité. Le visage jauni par la lumière, ma mère venait d'apparaître, suivie de ma grand-mère, qui souriait, complice. Toutes deux, avec solennité, se mirent à entonner *Happy Birthday* d'une seule et même voix en se rapprochant de la table.

Happy birthday to you, happy birthday to you, chantonnaient-elles maintenant, et, à l'instant où elle dit *to you, Quentin*, ma mère déposa le gâteau devant moi et se redressa.

Happy birthday to you…

Je considérai les flammes, qui vacillaient maintenant avec une ivresse maladroite. Elles faisaient déjà fondre la cire des bougies en libérant de fines gouttelettes, qui glissaient à la verticale le long des bâtonnets blancs.

Eh bien, qu'est-ce que tu attends ? Souffle !

Les flammes léchaient le vide autour d'elles comme des langues. Confus, je pris une grande inspiration et, sans réfléchir, soufflai doucement sur les bougies, balayant devant moi de gauche à droite, puis de droite à gauche, en expulsant peu à peu tout l'air que contenaient mes poumons. Lorsque tout fut éteint, on m'applaudit, assez mollement, puis le clapotement moite des paumes faiblit de lui-même. Ma mère s'éloigna et ralluma le salon. C'était fini.

Des brins noirs et calcinés s'élevait une fumée soyeuse, qui se dénouait en un long ruban au-dessus du gâteau, tout en diffusant dans le salon une subtile odeur de paraffine. Je ne comprenais pas et demandai à ma mère si ça ne portait pas malheur de fêter son anniversaire en avance.

Mais non, qu'il est bête, répondit-elle en prenant les autres à témoin.

Elle commença à retirer une à une les bougies, puis s'empara d'un grand couteau de cuisine et enfonça la lame brillante dans le moelleux de la génoise. Le gâteau, aussitôt, s'affaissa. Le métal ressortit plein de crème et de chocolat. Elle tourna le plat et recommença l'opération. Quand elle eut terminé, elle tendit la main vers moi. Tu veux une grosse part, j'imagine ?

Normale, dis-je en lui tendant mon assiette.

Je n'avais plus faim. De peur de paraître ingrat, j'esquissai un sourire qui s'abêtit de lui-même. L'assiette s'alourdit sous le poids du gâteau.

Faute d'y avoir été préparé, je n'avais pas vraiment profité de l'instant. Durant quelques secondes, je m'étais laissé gagner par la fierté d'être le centre de l'attention, mais cette joie incertaine s'était vite muée en une tristesse embarrassée.

Tu as bien fait de ne pas aller te coucher tout de suite, se réjouit ma mère en servant une part de gâteau à sa nièce. Ma cousine récupéra son assiette sans répondre.

Lorsque, sur la table, apparut un cadeau enveloppé d'un papier doré, je laissai ma nuque s'agiter d'à-coups et grimaçai. J'avais l'impression qu'on me récompensait de manière imméritée et retardai le moment d'ouvrir le paquet, en le prenant d'abord dans mes mains, pour le soupeser. Qu'est-ce que c'est ?

Ma remarque amusa ma mère. Eh bien, ouvre, idiot.

Sous leurs regards, je déchirai l'emballage. C'était une boîte à chaussures. J'en soulevai le couvercle.

Elles te plaisent ?

Je hochai la tête pour montrer que j'étais content, puis sortis une basket. Elle était blanche et son cuir sentait le neuf. Je l'avançai vers mon nez pour la respirer.

Elles sont belles, dis-je.

Étonnamment, malgré les émotions imprécises

que je ressentais, je savais que ce n'était pas vraiment de la colère que j'éprouvais à l'encontre de ma mère. L'image que j'avais d'elle était en train de changer, mais, dans le fond, j'avais toujours su qu'elle me cachait quelque chose.

Et ça, me dit ma grand-mère, c'est de la part de ton grand-père et moi.

Je posai la chaussure sur la table et, tout en pensant à la lettre que mon père avait écrite, m'emparai de l'enveloppe que me tendait ma grand-mère.

C'est de l'argent, souligna-t-elle en souriant. Tu sauras mieux que nous ce qui te fait plaisir.

Il y avait mon prénom écrit dessus, à la main, d'une écriture légèrement tremblée. Je la remerciai, mais n'avais pas envie de l'ouvrir tout de suite.

Dans ma chambre, au moment de me coucher, je m'avançai vers la table de nuit. Je cherchai l'interrupteur sur le fil de la lampe de chevet et, lorsque je l'eus trouvé, appuyai sur le bouton-poussoir. Il ne se passa rien. Je regardai alors par-dessus l'abat-jour légèrement de guingois et constatai qu'il n'y avait pas d'ampoule. Ne pouvant pas allumer la lampe, je retournai vers la porte de la chambre et éteignis le plafonnier.

Je demeurai un instant debout dans le noir. La nuit paraissait toujours plus profonde et plus dense qu'ailleurs dans cette maison. Les mains devant moi, j'avançai prudemment, comme si la configuration de la chambre n'était plus tout à fait la même maintenant que je ne voyais plus rien. Après quelques pas, je me cognai contre le sommier, mais cela me permit de mieux me repérer dans l'espace. Parvenu devant le lit, je m'assis, puis m'étendis en me glissant sous le drap, que je remontai aussitôt en prenant garde qu'il couvre bien l'ensemble de mon corps.

Dehors, la pluie avait cessé. Il n'y avait aucun bruit dans la chambre. Tout était noir autour de moi, mais, la joue contre l'oreiller, je sentais une présence dans la pièce. J'attendis un peu, puis me redressai et fouillai du regard les nuances de l'obscurité. Mes yeux s'habituèrent progressivement et distinguèrent bientôt la forme sombre du secrétaire à tiroirs dont l'abattant était abaissé et, plus haut, le petit crucifix suspendu au mur, avec sa figure de laiton adossée au bois de la croix, les bras écartés et la tête basse, qui brillait imperceptiblement. S'il y avait quelqu'un dans la chambre, il était parfaitement silencieux.

Je finis par m'étendre de nouveau sur le dos, mais c'était trop tard. J'étais parvenu à me convaincre que quelqu'un était là, qui m'épiait. Je me tournai et m'efforçai tout de même de fermer les yeux, repensant au soir où, quelques heures avant sa mort, mon père était entré dans ma chambre. Il était déjà tard, cette nuit-là. J'avais éteint depuis longtemps et avais même commencé à m'endormir lorsque la porte s'était ouverte. Le bruit m'avait réveillé. Il s'était approché à pas de loup. Ce n'était pas dans ses habitudes de venir me voir si tard. Après un temps, il s'était assis sur le matelas, aussitôt déformé par le poids de son corps. Je n'avais pas bougé. Dans un demi-sommeil, je m'étais discrètement agrippé à la couette en sentant son souffle et son haleine chaude dans mon cou. Je ne comprenais pas ce qu'il voulait et, à cause de l'appréhension vague et diffuse que j'avais ressentie, j'avais fait semblant de dormir. Il s'était finalement relevé et s'était éloigné. Après quelques secondes, j'avais entendu la porte se refermer derrière lui, doucement. Je ne savais pas, sur le moment, que c'était la dernière fois que je le voyais.

Je rouvris les yeux. L'idée que quelqu'un était là et attendait que je m'endorme ne me quittait pas. Je finis par repousser le drap et descendis précipitamment du lit. Je retournai jusqu'à la porte où, posant la main à droite du chambranle, je cherchai l'interrupteur en laissant ma paume glisser sur le papier peint. Je voulais faire vite, dans le noir, mais j'avais beau explorer l'espace à tâtons, l'interrupteur avait disparu. Je sentais les battements de mon cœur s'accélérer à mesure que ma main allait et venait sur le mur, remontait puis descendait. Lorsque je le trouvai enfin, je rallumai et me retournai aussitôt. Tout était à sa place. Je regardai chaque objet, dont l'immobilité, sous la lumière, recouvrait un aspect rassurant et familier. Les ondulations du drap rejeté sur le matelas témoignaient de ma présence sur le lit quelques instants plus tôt. À part moi, il n'y avait personne dans la pièce. J'étais seul.

Je balayai de nouveau la chambre du regard et m'apprêtais à éteindre pour de bon lorsque j'entendis un cri aigu. À l'affût, je tendis l'oreille et écoutai sans bouger le silence qui suivit. Je savais que je n'avais pas rêvé. Je pensai à Chloé. Après quelques secondes, le cri se répéta, identique au premier, mais, cette fois, je compris que ça venait du dehors et que ce n'était rien que le hululement clair et redoublé d'un hibou ou d'une chouette qui avait dû se poser sur une branche et avait attendu que le jour disparaisse pour ponctuer de ce son lugubre le calme de la nuit.

À mon avis, c'était plutôt un moyen-duc, rectifia ma grand-mère. Déjà attablée devant une tasse de café, elle venait d'écouter le récit de mon aventure. Enfin, reprit-elle, je n'ai pas entendu, mais je pense que c'était un moyen-duc. Je m'assis en face d'elle et ma mère posa un bol vide devant moi. Tu es déjà debout, remarqua-t-elle.

Je m'emparai du paquet de céréales qui était sur la table et regardai l'intérieur du sachet, avant de verser dans le bol le mélange de flocons d'avoine, d'amandes émiettées et de lamelles de fruits séchés.

Ma cousine arriva peu après, tout échevelée dans sa longue chemise de nuit blanche, qui lui donnait l'apparence d'un fantôme égaré. Eh bien, tu es déjà levée, toi aussi ? Ça ne va pas ? lui demanda ma mère en voyant que ses yeux brillaient.

J'ai mal à la tête, marmonna Chloé.

Ma mère posa la main sur son front pour voir s'il était chaud.

Ce n'est rien, ça va passer. Installe-toi.

Chloé prit place à côté de moi.

Tu bois toujours du lait, le matin ?

Ma cousine acquiesça.

Chaud ?

Non, du lait froid, rectifia-t-elle.

Avec des tartines ?

Chloé se frotta les paupières. Oui, et du miel, précisa-t-elle.

Ma mère s'affaira, ouvrit les portes des placards, celle du réfrigérateur, en sortit toutes sortes de choses, qu'elle déposait au fur et à mesure sur la table comme si elle était chez elle et voulait que sa nièce ne manque de rien. Chloé la remercia puis se redressa, surprise. Les joues mal rasées, mon grand-père venait d'entrer dans la cuisine lui aussi, dans une robe de chambre nouée à la taille et ouverte sur un tricot de peau. Il nous observa, visiblement étonné de nous trouver là, ma cousine et moi, puis, sans rien dire, s'avança sous la véranda et fixa le perroquet silencieux.

Comment voulez-vous occuper votre matinée ? nous demanda ma mère, avant de préciser que nous partirions sans doute un peu avant midi.

J'étais étonné que ce soit déjà la fin du week-end.

À côté de moi, tout en laissant couler du miel liquide de sa cuillère, Chloé répondit d'une voix un peu morne qu'elle avait des devoirs à faire. J'ignorais si elle comptait tout répéter à ses parents en rentrant et si quelque chose s'était définitivement brisé dans notre relation ou, au contraire, si nous nous étions finalement rapprochés durant le séjour. Le temps seul nous le dirait, songeai-je en regardant la tartine qu'elle tenait dans sa main et qui se couvrait peu à peu d'une délicate pellicule ambrée et sirupeuse.

V

La main dans le sac, ma mère remua les jetons, en sélectionna sept à l'aveugle, qu'elle posa ensuite un à un sur la réglette placée devant elle. Je n'aimais pas jouer au Scrabble, mais j'avais accepté de faire une partie avec elle et ma grand-mère pour ne pas les laisser seules avec Chloé.

Je préférais en effet rester près de ma cousine et la surveiller. Elle travaillait à l'écart, sur la table du salon, son manuel ouvert devant elle. Elle écrivait en laissant la plume métallique de son stylo glisser lentement sur la page de son cahier, d'une manière appliquée, les lèvres pincées, en prenant soin de composer chaque lettre. Au bout d'un moment, ma mère voulut savoir ce que c'était, comme devoirs.

Des exercices, répondit simplement Chloé.

De faibles crissements se faisaient entendre, qui provenaient du jardin. Je regardai par la fenêtre.

Dehors, muni d'un long râteau, mon grand-père profitait du retour du soleil pour ramasser, sur la pelouse, les feuilles que l'orage avait dispersées. Une large poubelle en plastique noir était posée à côté de lui, qu'il inclina et remplit avant de changer de zone.

C'est à vous, dit ma mère.

Je sais, répliqua ma grand-mère, qui se tapotait la bouche avec l'index. Elle attendit, puis se décida enfin à déposer ses lettres sur le plateau.

Scrabble, annonça-t-elle fièrement.

Ma mère vérifia.

Ah oui, observa-t-elle en inclinant la tête.

Avec un crayon à papier, ma grand-mère nota les points sur une feuille. C'était déjà à moi. Je changeai rapidement l'ordre des jetons sur le chevalet, plaçant mes lettres au hasard. Mon tirage n'était pas bon et tous les mots que je composais n'existaient pas. Je tournai soudain la tête vers ma cousine, qui venait de laisser tomber son stylo sur son cahier. Elle essuya une larme qui lui glissait sur la joue.

Qu'est-ce qu'il y a encore ? s'agaça ma mère.

Chloé posa ses coudes sur la table et plaça ses mains sur ses tempes pour se cacher le visage.

Eh bien ? Parle-moi.

Ma mère avait l'air de se sentir impuissante face ces variations d'humeur.

Je sentis que ma cousine allait raconter ce qui

s'était passé durant le week-end et me tins prêt à l'en empêcher.

Allez, insista ma mère plus doucement, qu'est-ce qui ne va pas ?

Chloé, alors, renifla, puis se plaignit de ne pas réussir à faire l'exercice cinq.

L'exercice cinq ? répéta ma mère en se redressant. C'est quoi ? Des mathématiques ?

Sans attendre la réponse, elle rabattit la couverture du manuel.

Sciences de la Vie et de la Terre, ânonna-t-elle avant de survoler la double page. Puis elle me demanda si j'avais des souvenirs de ma sixième. Je me levai de ma chaise et fis le tour de la table.

Quentin va t'aider, dit-elle.

Le visage de Chloé demeura d'abord inexpressif, comme si elle n'avait pas entendu, puis elle renifla de nouveau. Je veux bien, murmura-t-elle au moment où je m'asseyais à côté d'elle.

Je ramenai le manuel devant moi. Le chapitre portait sur *La colonisation du milieu chez la mineuse du marronnier.* Je ne comprenais pas ce que ça voulait dire. Sur la page de droite, une photo représentait un ver ou, plutôt, une chenille au corps annelé et translucide. En dessous, une autre photo figurait une feuille morte, sous laquelle on pouvait lire la légende : « L'effet de la nécrose et du dessèchement ».

Je parcourus du regard ce que ma cousine avait écrit dans son classeur. Sa graphie était ronde et fautive. Il y avait des *t* à la place des *d*, des *s* oubliés. Tu as compris la leçon ?

Elle me répondit par un hochement de tête peu assuré. Je remarquai, sur son tee-shirt, le croissant de transpiration qui s'était formé au niveau de son aisselle.

Je pris le temps d'essayer de comprendre l'énoncé de l'exercice cinq. Ce n'était pas compliqué, en vérité. Je lui expliquai comment faire.

Soulagée, ma mère me proposa de jouer à ma place. J'acceptai et, quand Chloé eut terminé, je voulus savoir si elle devait aussi faire l'exercice six. Elle confirma et nous découvrîmes ensemble de quoi il s'agissait.

Ça va, ça, c'est facile, non ? Il faut juste que tu reproduises le schéma de la page cent vingt-six.

Chloé renifla encore.

Oui, reconnut-elle, ça, c'est facile.

Après qu'elle m'eut appelé dans le vestibule, ma grand-mère, lorsque je l'eus rejointe, me demanda à brûle-pourpoint si elle me plaisait. Ce n'était pas véritablement une question, plutôt une affirmation déguisée qui cherchait mon assentiment. J'acquiesçai pour lui faire plaisir.

Tu veux l'essayer ?

Je regardai la veste qu'elle tenait dans ses mains. C'était une canadienne en toile kaki, avec un col doublé de mouton blanc et de gros boutons en cuir. Elle avait l'air chaude. Je n'avais pas très envie de la passer.

Pourquoi pas, dis-je.

Je l'ai trouvée, l'autre jour, en rangeant de vieilles affaires, renchérit-elle. J'ai tout de suite pensé à toi.

Je n'avais pas le souvenir d'avoir vu mon père avec. Ce devait être une antiquité qui remontait à avant ma naissance, mais ma grand-mère semblait heureuse à l'idée que cette canadienne sorte de l'oubli. Elle l'approcha davantage et je caressai la surface imperméabilisée de la toile.

Elle doit être à ta taille, maintenant.

Je finis par prendre la veste, dont l'intérieur aussi était doublé de mouton. J'introduisis mon bras dans la première manche, puis cherchai la seconde derrière moi. Je l'ajustai au mieux, en ramenant les pans vers l'avant. Je sentais son poids sur mes épaules.

Tourne-toi.

J'obtempérai en opérant un demi-tour. Pour me donner une contenance, je mis les mains dans les poches. Dans celle de droite, mes doigts entrèrent aussitôt en contact avec une matière rêche. J'essayai, au toucher, de deviner ce que c'était, puis sortis un vieux morceau de mouchoir en papier blanc, tout ratatiné, dont les fibres, aux extrémités, s'effilochaient en charpie. Si elle l'avait vu, ma grand-mère aurait été capable de le conserver et de le mettre sous cloche, comme une relique, en affirmant que c'était un signe que mon père nous envoyait.

Tourne-toi, me demanda-t-elle à nouveau.

Je replaçai le reste de mouchoir dans la poche où je l'avais trouvé et pivotai.

Tends les bras.

Je plaçai mes mains devant moi, tel un somnambule.

Elle est peut-être grande, non ? regretta-t-elle en s'avançant.

Je m'essuyai le front. Je transpirais, à cause de la doublure.

Comme si ça changeait quelque chose, ma grand-mère redressa le col et, apercevant ma mère, voulut savoir ce qu'elle en pensait. Celle-ci me jaugea rapidement.

Non, trancha-t-elle, elle ne lui va pas du tout. Il est ridicule avec ça sur le dos.

Soulagé, je retirai la canadienne et allai la suspendre à une patère inoccupée du portemanteau, entre un K-Way et un vieux gilet qui pendouillait, puis retrouvai Chloé dans le salon.

Elle était assise en tailleur sur le tapis. C'était moi, après ses devoirs, qui lui avais proposé qu'on joue. Elle avait accepté et ça m'avait rassuré sur la suite de notre relation.

Je repris ma place en m'agenouillant à côté d'elle. Elle avait bien avancé en mon absence. Pour l'aider, je sélectionnai, dans le tas qui restait, une pièce cartonnée sur laquelle figuraient des taches roses et vertes. Je l'orientai de différentes façons, puis essayai d'en ajuster au mieux les excroissances arrondies aux creux d'autres pièces déjà placées. Rien ne correspondait.

Celle-là, elle va nulle part, dis-je.

Fais voir ?

Elle me la prit des mains, puis, ayant considéré la photo du toucan sur le couvercle de la boîte, la compara avec le fragment qu'elle tenait entre ses doigts.

Si, regarde, me corrigea-t-elle, mais, à l'instant où elle allait l'intégrer au puzzle, ma mère entra dans le salon et nous demanda si nous étions prêts.

Déjà ?

Je lui expliquai qu'on n'avait pas terminé. Comprenant que c'était inutile de parlementer, Chloé, elle, se leva et s'éloigna. Seul, je contemplai l'image craquelée et pleine de trous qui reproduisait environ les trois quarts du toucan. C'était dommage de ne pas terminer. À contrecœur, je détruisis notre ouvrage et rangeai les pièces dans la boîte.

Dans le vestibule, après que nous eûmes échangé quelques mots, ma grand-mère embrassa ma cousine sur le front, puis, se redressant, lui ébouriffa gentiment la tête. Chloé se recoiffa aussitôt et récupéra son sac. Ma grand-mère s'attendrit de cette indocilité inattendue, puis s'approcha de moi et m'enlaça.

À bientôt, me dit-elle.

Elle me témoignait toujours son affection d'une manière trop marquée au moment des départs, avec une intensité qui me paraissait suspecte alors que, durant le reste du week-end, elle ne m'avait pas spécialement manifesté de tendresse.

À bientôt, dis-je à mon tour.

Je m'avançai ensuite vers mon grand-père, dont les cheveux blancs et hirsutes trahissaient, à leur manière, un état d'égarement. Il ouvrit la bouche, mais rien n'en sortit. Il se contenta de remuer les lèvres.

Je n'étais jamais certain de le revoir et n'osai répéter « à bientôt ». Je me contentai de l'embrasser rapidement sur les joues, puis me dirigeai vers la véranda, où Charles, derrière sa cage, m'observa, mutique comme s'il avait dit tout ce qu'il avait à dire. Je m'interrogeais parfois sur ce qu'il deviendrait, quand mes grands-parents ne seraient plus là.

Ma mère m'appela.

Quentin, on y va !

Le perroquet écarta à demi les ailes et je lui dis au revoir avant de les rejoindre.

Ma cousine était déjà dehors. Son sac à la main, elle nous attendait. Ma grand-mère sortit aussi et nous escorta jusqu'à la voiture. Elle n'avait pas envie qu'on parte.

Ma mère ouvrit le coffre de la Toyota et Chloé y rangea son bagage avant de prendre place à l'arrière de la voiture.

Ça s'est enfin rafraîchi, dit ma grand-mère en rajustant son gilet sur ses épaules.

Comprenant que sa belle-mère appréhendait le moment de se retrouver seule, ma mère lui demanda, pour la première fois du week-end, comment allait mon grand-père.

En guise de réponse, ma grand-mère soupira.

Tu as bien vu, regretta-t-elle. Il oublie de plus en plus de choses. Dans une heure, il ne se souviendra même plus que vous êtes venus. Enfin, ajouta-t-elle en s'adressant à moi, l'essentiel, c'est qu'il n'ait pas oublié ton père.

Ma mère referma le coffre, me considéra avec cet air qu'elle prenait parfois quand elle s'exaspérait de ma lenteur à comprendre ce qu'on attendait de moi, puis me demanda ce que j'avais fait de la plante.

Au rond-point, nous prîmes la première sortie et longeâmes bientôt le mur d'enceinte du cimetière de Vesles-la-Forêt. En l'absence de parking, ma mère s'arrêta comme d'habitude sur l'espèce d'esplanade bétonnée devant l'entrée. Là, elle remonta le frein à main et coupa le moteur. Relevant le front, elle chercha Chloé dans le rétroviseur central.

Si tu préfères, tu peux nous attendre ici, lui suggéra-t-elle.

Il y eut un court silence, durant lequel j'imaginai Chloé tiraillée entre la curiosité d'entrer dans le cimetière, le désir de nous laisser tranquilles et la crainte de rester seule.

D'accord, dit-elle finalement.

Elle espérait sans doute que ça durerait moins longtemps si elle ne venait pas avec nous. Pour dire la vérité, ça m'arrangeait qu'elle reste dans la voiture.

Je détachai ma ceinture de sécurité et sortis, la plante dans les mains, puis me dirigeai le premier vers la grille. Celle-ci grinça légèrement sur ses gonds lorsque je la poussai.

Ma mère referma sa portière et me rejoignit. Ensemble, nous commençâmes à avancer dans l'allée principale. Le cimetière de Vesles-la-Forêt n'était pas très grand et il n'y avait personne. On entendait le bruit de nos pas qui écrasaient les gravillons. À mesure que nous longions les vieilles tombes aux ferrures rouillées, nous constations combien l'endroit avait été malmené par le violent orage de la veille. Les fleurs, çà et là, n'étaient plus que des gerbes fanées, des bouquets rabougris et échevelés. Des bougies et des lanternes, balayées par le vent, gisaient sur le sol. Plus loin, une jardinière était renversée et une plaque funéraire, en se couchant sur la dalle, s'était fendue en deux. Nous évitâmes une large flaque d'eau au milieu de l'allée et, lorsque nous arrivâmes devant la tombe de mon père, je fus soulagé de voir que celle-ci, étant parmi les dernières de l'allée et à l'abri du muret, avait été épargnée.

Ma mère retira des branches et balaya avec la main les quelques feuilles mortes qui recouvraient le granit lisse et moucheté de noir. Quand elle eut fini, je fléchis les genoux.

Malgré moi, il y avait toujours un embarras un

peu cérémonieux dans ma façon de déposer la plante sur la tombe. Je me redressai ensuite et reculai d'un pas, de manière à me tenir à la même hauteur que ma mère. Les mains devant moi, je lus alors ce qui était gravé en lettres d'or sur la stèle.

Yannick Mérieux
1973-2013

Ces dates étaient déjà loin, dans le temps, désuètes et comme fossilisées. Même ce prénom avait quelque chose d'étranger, car tout le monde, dans mon souvenir, avait toujours appelé mon père Yann. Je baissai les yeux et observai la plante, dont les boutons jaunes et fragiles s'étaient légèrement évasés au bout et commençaient de s'ouvrir. Je ne savais jamais combien de minutes exactes devait durer notre recueillement. Ma mère, à côté de moi, ne disait rien et attendait, croyant sans doute que j'étais en train de faire place à ce qu'il y avait de plus profond en moi pour essayer d'entrer en communication avec mon père.

Allez, dit-elle au bout d'un moment, Chloé nous attend.

Elle commença à s'éloigner dans l'allée. Sentant que je ne la suivais pas, elle se retourna.

Eh bien, qu'est-ce que tu fais ? Tu viens ?

Je ne bougeai pas. Je ne souhaitais ni la brusquer ni lui faire de peine, mais, lorsqu'elle revint vers moi pour savoir ce qui se passait, d'une voix hésitante et mal placée je lui demandai si c'était vrai que mon père avait écrit une lettre.

Une lettre ? s'étonna-t-elle. De quoi tu parles ?

Son visage avait changé d'expression, comme si elle ne voyait pas du tout ce à quoi je faisais allusion.

La lettre, insistai-je, qu'il a écrite juste avant l'accident.

Elle fronça les sourcils, contrariée. Sans le faire exprès, j'avais encore employé le mot « accident ». Je compliquais tout.

Qui t'a raconté ça ? C'est Chloé ?

Je ne répondis pas et guettai discrètement la grille de l'entrée. Je craignais que ma cousine ne nous rejoigne. Je voulais la laisser en dehors de tout ça maintenant.

Ma mère leva soudain le doigt à hauteur de son visage.

Quentin, tu ne dois rien dire à tes grands-parents, tu entends ?

J'acquiesçai.

Ils ne sont pas au courant, explicita-t-elle.

Le doigt toujours levé, elle me dévisagea longuement. On eût dit qu'elle avait besoin de vérifier qu'elle pouvait me faire confiance, puis, dans un mélange de soulagement et de consternation, elle soupira.

Je ne pouvais pas t'en parler, tu comprends ? Tu étais trop petit, m'expliqua-t-elle. C'était impossible.

J'approuvai d'un nouveau hochement de tête, pour qu'elle puisse imaginer que je ne lui en voulais pas. Elle sembla sur le point d'ajouter quelque chose, mais se ravisa et, à la place, avec une compassion un peu brusque à laquelle je ne m'attendais pas, elle me prit dans ses bras.

Je sentis aussitôt ses mains se positionner dans mon dos et me serrer contre elle, de sorte que j'eus bientôt mon menton sur son épaule. Ce n'était pas facile de continuer à échanger dans cette posture, d'autant plus que cette tendresse, quoique maladroite, m'adoucissait et me délestait d'un poids.

Je décidai de ne pas en rester là.

Et la lettre ? demandai-je. Qu'est-ce qu'il a écrit, dans la lettre ?

Elle attendit un peu avant de me répondre. Je ne voyais pas son visage, mais elle devait chercher la meilleure façon de tourner sa phrase.

Rien, murmura-t-elle.

Elle sentit que sa réponse provoquait une réaction physique chez moi, une impatience, car elle se reprit.

Pas grand-chose, rectifia-t-elle avant d'ajouter,

dans un chuchotement à peine audible, que c'était une lettre, une simple lettre.

Une lettre d'adieu, précisa-t-elle.

Je repensai au soir où mon père était entré dans ma chambre pour me dire au revoir. Je ne comprenais pas bien pourquoi je ne l'avais jamais dit à ma mère. Quelque chose m'en empêchait, et cette réticence était sans doute liée à la menace que j'avais ressentie, cette nuit-là, lorsqu'il s'était penché en soufflant son haleine chaude dans mon cou. Oui, c'était peut-être cette peur injustifiée, instinctive, que je cherchais à taire.

Du reste, je n'étais pas très à l'aise dans les bras de ma mère. Mon corps était trop grand, désormais, pour épouser le sien. Délicatement, je commençai à m'extirper de ses bras. Je n'étais plus un enfant. Et puis il fallait rentrer. Chloé devait être impatiente de retrouver ses parents. Tout à l'heure en partant, elle n'avait même pas pris la peine de dire au revoir à mon grand-père.

CET OUVRAGE A ÉTÉ ACHEVÉ D'IMPRIMER LE VINGT-CINQ OCTOBRE DEUX MILLE VINGT-TROIS DANS LES ATELIERS DE NORMANDIE ROTO IMPRESSION S.A.S. À LONRAI, 61250, FRANCE

N° D'ÉDITEUR : 7289
N° D'IMPRIMEUR : 2304351

ISBN : 978-2-7073-4943-9
Dépôt légal : janvier 2024